◆ 키다리 아저씨 ◆
Daddy Long Legs

Dear. _____

✦키다리 아저씨✦

걸 클래식 컬렉션 II

비밀의 화원

프랜시스 호지슨 버넷

키다리 아저씨

진 웹스터

이상한 나라의 앨리스

루이스 캐럴

메리 포핀스

패멀라 린던 트래버스

◆ 키다리 아저씨 ◆

Daddy Long Legs

진 웹스터 지음 | 김율희 옮김

윌북

Daddy-Long-Legs

Text and Illustration by Jean Webster

◆ 차례 ◆

추천의 글
∞∞∞∞∞∞∞

대답 없는 편지를 기다리는,
보살피지 못한 마음속 내면아이 주디에게 | 정여울 ◦ 7

키다리 아저씨
우울한 수요일 ◦ 19
제루샤 애벗이 키다리 아저씨 스미스 씨에게 보낸 편지들 ◦ 33

대답 없는 편지를 기다리는,
보살피지 못한 마음속 내면아이 주디에게

◆

정여울(작가, 문학평론가)

혹시 아저씨에게 귀여운 딸이 있었는데 요람에 누운 아기
였을 때 도둑맞지 않았나요?
어쩌면 제가 그 아기일지도 몰라요! 우리가 소설 속에 있다
면, 그게 소설의 대단원을 장식하지 않을까요?

사랑을 듬뿍 받고 자란 아이들조차도 이 세상에 혼자 버려진
듯한 느낌이 들 때가 있다. 돌봄도 사랑도 마치 밑 빠진 독과
같아서, 인간은 끝없이 더 많은 돌봄과 사랑을 필요로 한다.
하지만 그렇다고 해서 아이들에게 24시간 맞춤 서비스를 해
줘서도 안 된다. 어른들이 아이들을 24시간 빈틈없이 보살필
수도 없고, 아이들도 때로는 혼자 있을 시간이 필요하기에.

7

게다가 '이 세상에 혼자 버려진 듯한 느낌'은 성장을 위해 반드시 필요한 통증이기도 하다. 부모님께 말 못할 고민이 생기는 순간, 세상 모든 아이들은 한여름에도 가슴속에 칼바람이 부는 듯한 사춘기를 지나 비로소 어른이 될 준비를 하게 된다. 고민 하나만 생겨도 그토록 외롭고 슬픈 사춘기인데, 『키다리 아저씨』의 고아 소녀 주디는 수없이 외로운 그 밤들을 어떻게 견뎌냈을까.

　　『키다리 아저씨』를 다시 읽으며, 아이들에게 깊은 사랑이 얼마나 더 많이 필요한지를 새삼 깨닫는다. 사랑을 담뿍 받아 자라도 부모님께 서운한 기억들이 이토록 많은데, 사랑을 받을 수 있는 기회조차 완전히 차단된 주디의 내면이야 오죽할까. 하지만 『키다리 아저씨』의 진정한 매력은 주디가 고난을 극복하는 스토리에만 있지 않다. 이 작품은 언제 다시 읽어도 흥미진진하고, 유머와 위트, 설렘과 낭만이 넘친다.

　　작품의 첫 장면은 서로 결코 섞이기 어려울 것만 같은 '두 세계'가 강렬하게 충돌하는 순간을 그려낸다. 누군가에게는 따뜻한 마음을 표현하는 일이 누군가에게는 쓰라린 고통이 될 수도 있다는 것을, 우리는 『키다리 아저씨』의 첫 장면을 통해 아프게 깨닫는다. 주디는 작문 숙제를 통해 키다리 아저씨의 눈에 띄게 된다. 보육원을 후원하는 자선가들이 방문하는 매달 첫 번째 수요일. 그날은 자선가들에게는 자신의 훌륭함을 확인하는 날이거나 의무적으로 착한 일을 하는 날이겠지만, 보육원 아이들 아흔일곱 명의 일거수일투족을 관리해야 하는 가장 나이 많은 소녀 주디에게는 그야말로 끔찍한 날이었다. 원장님과 아이들 사이에 끼어 이 아이들을 멀쩡하게, 보살핌을 잘 받고 있다는 느낌이 들게 챙겨줘야 하는 주디에게는 이날이 가장 커다란 행복, 즉 학교에 가는 기쁨을 빼앗는 날이었던 것이다.

「우울한 수요일」이라는 주디의 글은 보육원을 후원하던 키다리 아저씨의 마음을 움직인다. 여자아이들에게는 전혀 관심을 두지 않았던 키다리 아저씨가 처음으로 주디를 대학에 보내주기로 결심한 것이다. 그런데 키다리 아저씨의 거래 조건이 기상천외하다. 매달 자신에게 안부 편지를 보내라는 것. 대학 등록금과 기숙사 비용은 물론 용돈까지 매달 꼬박꼬박 챙겨주는 후원자의 이름도 신상도 전혀 모르는 채로, 답장도 기대하지 않고, 오직 안부 편지를 쓰라는 것이었다. 키다리 아저씨의 계획은 주디를 작가로 만드는 것이었고, 주디로서는 상상도 하지 못한 축복의 나날이 시작되는 순간이었다. 주디는 그저 자신의 일상적인 아픔을 솔직하게 글로 적었을 뿐인데, 키다리 아저씨는 주디의 가슴속에 불타오르는 작가의 재능을 알아본 것이다. 가장 끔찍한 고통을 가장 찬란한 기적으로 바꾸는 주디의 눈부신 재능이 빛을 발하는 순간이다.

자동차가 즉시 시동을 걸고 정면에서 다가왔고, 눈부신 전조등 불빛 때문에 그 남자의 그림자가 건물 안쪽 벽에 뚜렷이 드리웠다. 기괴할 정도로 길게 늘어난 그림자는 그 팔다리가 바닥을 지나 복도 벽까지 이어졌다. 어느 모로 보나 거대한 장님거미가 흔들거리는 모습처럼 보였다.
걱정으로 얼굴을 찌푸리고 있던 제루샤는 순간 웃음을 터뜨렸다. 제루샤는 천성적으로 명랑한 성격이라 아주 사소한 일에서도 늘 재미를 포착했다. 후원회 이사라는 위압적인 존재에게서 재미있는 요소를 찾아내다니 예상치 못한 수확이었다.

주디가 키다리 아저씨의 모습을 처음으로 발견하는 장면이다. 보육원 후원회 이사 키다리 아저씨가 원장을 만나고 재빨리 나가는 장면을, 주디가 포착하는 순간이다. '키다리 아저씨'라는 애칭이 탄생하는 결정적인 순간이기도 하다. 보육원 후원회 이사라는 점, 남자이며, 키가 아주 크다는 것 외에는 그 무엇도 알 수 없지만, 기괴할 정도로 길게 늘어난 그림자의 팔다리가 마치 거대한 장님거미Daddy-long-legs를 닮

았다는 생각이 떠오르자 웃음이 터져 나오는 바로 그 순간. 주디가 그를 '키다리 아저씨'라는 애칭으로 부를 때마다, 마치 실루엣 애니메이션처럼 까만 그림자가 꿈틀꿈틀 움직이는 커다란 장님거미가 떠올라 독자 또한 웃음 짓게 된다.

보육원의 리펫 원장은 '그분(키다리 아저씨)'이 여자아이에게 관심을 가진 것은 이번이 처음이라고 강조한다. "지금까지 그분은 남자아이들에게만 자선을 베푸셨다. 아무리 애를 써도 보육원의 여자아이에게는 전혀 관심을 갖지 않으셨어. 아무리 뛰어난 여자아이라고 해도 말이야. 아마 여자아이들을 좋아하지 않으시는 모양이다." 리펫 원장에게 「우울한 수요일」이라는 작문은 "너에게 그토록 많은 것을 베풀어 준 보육원을 웃음거리로 만들다니"라는 분노를 일으켰지만, 키다리 아저씨에게 그 작문은 자신의 자선 활동을 다시 한번 생각해보게 된 계기가 되었을 것이다. 키다리 아저씨는 「우울한 수요일」이라는 고아 소녀의 슬픈 이야기 속에 담긴 유머와 풍자를 이해하고 공감할 수 있는 풍부한 감수성을 지닌 사람이었던 것이다.

리펫 원장은 이사님에게 보내는 안부 편지는 '의무 사항'이며 청구서 대금을 지불하듯이 꼬박꼬박 예의를 갖춰 보내야 한다고 강조하지만, 주디에게 이 편지는 세상을 향해 열린 최초의 탈출구였다. 주디는 단순한 안부 편지를 넘어 마음속 깊은 이야기를 태어나 처음으로 털어놓을 수 있는 사람을 '키다리 아저씨'로 만든다. 엄마도 아빠도 형제자매도 친구도 없었던 주디가 세상에서 마음을 털어놓을 수 있는 최초의 대상이 바로 키다리 아저씨였던 것이다. 주디는 보육원의 목표가 '아흔일곱 명의 고아'를 '쌍둥이 아흔일곱 명'으로 바꾸는 것이라고 이야기한다. 주디는 알고 있다. 그 누구도 진정한 상상력을 발휘할 수 없도록, 그 누구도 개성과 창조성을 발휘하지 못하도록 하는 보육원의 숨 막히는 환경 속에서 자신이 숨을 수 있는 곳은 오직 학교와 독서, 그리고 글쓰기였다는 것을. 드디어 대학에 입학한 주디는 키다리 아저씨는 물론 주변 사람들의 모든 기대를 뛰어넘는다. 공부뿐만 아니라 모든 것을 향해 호기심이 가득한 주디에게 보육원이 아닌 바깥세상에서 자유롭게 살 수 있다는 것만으로도 하루하루가 눈부신 기적처럼 다가왔으리라. 주디는 모든 것을 자신의 노력으로 성취해내고, 그 누구도 원망하지 않으며, 당시에는 참정권조차도 없었던 여성들을 향해 드리운 온갖 차별의 장벽을 무너뜨린다.

제 이력에 불미스러운 오점이 하나 있다는 거 아세요? 쿠키를 훔쳐 벌을 받다가 보육원에서 도망친 사건이에요. 후원회 이사라면 누구든지 읽을 수 있도록, 기록부에 적어두었죠. 하지만 사실 아저씨, 당연한 일 아닐까요? 나이프를 닦으라며 배고픈 아홉 살짜리 애를 식품 저장실에 집어넣었는데, 바로 옆에 쿠키 통이 있고 아이는 혼자 남았어요. 그러다 다시 불쑥 저장실에 들어가 보면 그 아이의 입에 당연히 쿠키 가루가 묻어 있지 않겠어요? 그 아이의 팔을 홱 잡아당겨 뺨을 때리고는, 디저트로 푸딩이 나오는 때에 식탁에서 일어나라고 하면서 다른 아이들에게 이건 그 아이가 도둑질을 했기 때문이라고 말한다면, 아이는 당연히 달아나지 않을까요?

저는 6킬로미터밖에 도망가지 못했어요. 붙잡혀서 되돌아왔죠. 그리고 일주일 내내, 다른 아이들이 쉬는 시간에 밖에 나가 노는 동안 뒷마당 말뚝에 버릇없는 강아지처럼 묶여 있었죠.

주디는 자기 인생의 가장 어두운 그림자가 된 트라우마를 키다리 아저씨에게 고백하면서 오랜 상처에서 조금씩 치유된다. 주디는 상처를 입었지만, 상처로부터 서서히 자유로워지는 내면의 회복 탄력성이 뛰어나다. 그 끔찍한 사건을 겪으면서도 전혀 망가지지 않고, 태만해지지도 않고, 이렇게 훌륭하게 자라준 주디. 그의 생존 비결은 바로 끝없이 배우고, 깨닫고, 뉘우치며, 스스로를 변화시키는 것이었다. 주디는 보육원 바깥에서 보낸 최초의 4년, 즉 대학 시절 동안 누구보다도 열심히 책을 읽고, 글을 쓰고, 모든 과목에 열정을 쏟았으며, 글쓰기뿐 아니라 달리기나 높이뛰기에도 재능을 보였다. 여성이 참정권을 가져야 한다는 강력한 신념을 갖게 되었고, 키다리 아저씨가 정말 여자아이들을 싫어한다면 그 편견을 바꾸어야 한다는 생각도 하게 되었다. 키다리 아저씨만 주디를 바꾼 것이 아니라 키다리 아저씨야말로 주디를 통해 그동안의 편견과 오만을 떨쳐내고 더 나은 사람, 더욱 따스한 마음을 지닌 어른이 되지 않았을까.

『키다리 아저씨』의 또 다른 관전 포인트는 바로 이제 막 사랑에 눈을 뜨기 시작한 주디의 설렘이 키다리 아저씨에게로 번져나가는 과정이다. 주디의 일거수일투족을 이상하게도 모조리 알고 있는 신비스럽고 매력적인 저비 도련님과의 로맨스가 무르익을수록, 키다리 아저씨를 향한 주디의 안타까운 그리움도 깊어진다. 얼굴도 모르는 사람을 그리워해야 하는 주디의 운명은 저비 도련님과의 사랑이 깊어질수록 더욱 가혹하게 느껴진다. 이미 저비 도련님이 누구인지를 알고 있는 독자들조차도, '주디가 빨리 저비 도련님의 정체를 알아내기를' 바라는 마음보다는 '키다리 아저씨가 조금 더 주디에게 다정하게 대해주기를' 바라는 마음이 커진다. 키다리 아저씨가 자신의 신념 때문에 후원자의 정체를 밝히지 않더라도, 주디에게 조금 더 다정할 수 있을 텐데. 얼굴을 보여주지 않아도 좋으니, 비서에게 용건만 남기는 것이 아니라 주디가 결코 이 세상에서 혼자가 아님을 알려주는 따스한 엽서한 장은 남길 수 있을 텐데. 자신이 고아라는 이유로 저비 도련님의 진심 어린 사랑 고백을 받아들이지 못하는 주디의 처절한 사연이 키다리 아저씨에게 전해지는 순간, 이런 안타까운 감정은 극에 달한다. 하지만 조금만 기다리면 사랑스러운 주디가 그토록 꿈꾸던 '언제나 내 편이 되어주는 사람'이 생기리라는 것을, 슬픔에 빠진 주디에게 알려주고 싶은 순간들이 한두 번이 아니다.

주디는 '이 고아 소녀를 작가로 키우고 싶다'는 키다리 아저씨의 소망에 때론 저항하며 연극배우의 꿈을 키우기도 한다. 꿈을 이리저리 바꾸기도 하는 지극히 정상적인 청년기의 방황을 거쳐, 마침내 대학교 4학년이 된다. 처음에는 주디의 글쓰기 재능 때문에 그녀에게 관심을 가졌던 키다리 아저씨도, 점차 주디의 재능 뒤에 숨겨진 슬픔과 고민, 외로움, 사랑하고 사랑받고 싶은 마음을 이해했을 것이다. 아름다운 모자를 사라고 보내준 키다리 아저씨의 50달러를 주디가 정중히 거절하는 장면에서는 눈시울이 뜨거워진다. 키다리 아저씨가 자신의 유일한 피난처이지만, 키다리 아저씨가 결코 가족이 될 수 없다고 생각하는 주디의 외로움이 드러나는 대목이기 때문이다.

다른 아이들은 사람들에게 자연스럽게 선물을 받을 수 있어요. 아버지와 오빠, 이모, 삼촌이 있으니까요. 하지만 저는 누구와도 그런 관계일 수가 없어요. 아저씨가 제 가족이라고 상상하는 게 즐겁긴 하지만, 그건 그냥 재미 삼아 하는 생각이고 사실은 그렇지 않다는 걸 알고 있어요. 사실은 혼자서 벽에 등을 대고 세상과 싸워야 해요. 생각하면 숨이 턱 막히는 기분이 들어요. 그런 생각을 떨쳐버리고 계속 안 그런 척하죠. 하지만 모르시겠어요, 아저씨? 저는 필요 이상으로 돈을 받을 수 없어요. 언젠가는 갚아드리고 싶은데, 제 뜻대로 위대한 작가가 된다고 해도 빚이 어마어마하다면 감당하지 못할 거예요.
저는 예쁜 모자와 다른 것들을 좋아하지만 그런 것 때문에 미래를 저당 잡힐 수는 없어요.

내 안에는 아직 키다리 아저씨를 설레는 마음으로 기다리는 고아 소녀 주디가 살고 있다. 나는 어른이 되어 『키다리 아저씨』를 다시 읽고 나서야 '내 안의 주디'가 바로 아직 보살펴지 못한 마음속 내면아이임을 알게 되었다. 여러분이 가장 아프고 힘들었던 시절, 제발 누구 한 사람만 내 곁에 있어주기를 꿈꾸던 순간, 그 시절로 돌아가서 꼭 한 번 안아주고 싶은 우리 안의 아직 자라지 못한 아이. 상처 입어 눈물 흘리는 순간에도 기댈 곳이 없어 편안한 자세로 마음껏 소리 내어 울지도 못하는 아이. 그것이 우리 안의 내면아이다. 몸은 다 자랐지만 여전히 자라지 못한 우리 안의 서글픈 내면아이를 다독이고 보살필 수 있는 힘이 지금 우리에게는 있다. 우리 마음속에는 저마다 아직 무한한 보살핌과 조건 없는 사랑을 절실히 필요로 하는 내면아이가 살고 있다. 그 외로운 내면아이의 아픔을 다독일 수 있는 우리 안의 키다리 아저씨, 마음이 한없이 따스하고 누군가를 사랑하는 일을 두려워하지 않는 내면의 키다리 아저씨가 필요한 순간, 나는 『키다리 아저씨』를 펼쳐보며 우리에게 절실한 사랑과 돌봄의 에너지를 발견한다. 그리고 자신이 작가가 되지 않아도 변함없이 사랑해줄 것이냐고 묻는 주디에게 나는 이렇게 말해주고 싶다.

사랑하는 주디에게

　너는 반드시 작가가 되지 않아도 좋아. 어떤 대단한 존재가 되지 않아도 좋아. 너는 그냥 너이기에 아름답고 소중하단다. 그리고 고맙다는 말, 미안하다는 말은 하지 않아도 돼. 나야말로 너에게 한없이 미안하고, 끝없이 고맙단다. 지혜롭고 사려 깊은 나의 내면아이, 주디가 없었다면 나는 이렇게 건강하고 씩씩한 어른이 되지 못했을 테니까. 이제 나는 알아. 누군가의 사랑을 간절히 기다리던 네가, 이제 너처럼 아프고 외로운 아이들을 위해 또 한 사람의 키다리 아저씨가 되었음을. 우리 모두의 마음속에서 영원히 살아남을 내면아이 주디가 아름답고 눈부시게 성장하여, 자신처럼 아프고 쓸쓸한 이 세상의 아이들에게 '사랑이 있어 비로소 살 만한 세상'의 아름다움을 전해줄 듬직한 키다리 아저씨가 되었음을.

사랑하는 주디, 아직도 모르겠니. 너는 너 자신의 키다리 아저씨가 될 수 있는 힘을 이미 처음부터 지녔단다. 너는 작가가 되지 않아도, 배우가 되지 않아도, 그저 너이기에 사랑스럽고 완전한 존재란다. 다른 무엇이 되려고 애쓰지 않아도 좋아. 너는 그저 온전히 너, 너다운 너이기만 하면 된단다. 온 세상이 너를 향해 등을 돌려도, 나만은 너의 편이 되어줄 거야. 온 세상이 너를 아프고 외롭게 할지라도, 나는 너의 변함없는 친구이자, 가족이자, 동지가 되어줄 거야.

너의 키다리 아저씨가

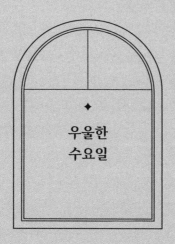

우울한
수요일

달마다 첫 수요일은 '완벽하게 끔찍한 날'이었다. 두려운 마음으로 기다렸다가, 용기 내서 버티고, 서둘러 잊어버리는 날. 모든 바닥에 얼룩 한 점 없어야 했고, 모든 의자에 먼지 한 톨 없어야 했으며, 모든 침대는 주름 한 줄 없어야 했다. 가만히 있질 못하는 어린 고아 아흔일곱 명을 깨끗이 씻기고 머리를 빗긴 다음, 새로 풀을 먹인 바둑판무늬 무명옷을 입혀 단추까지 채워두어야 했다. 그러고 나서 그 아흔일곱 명에게 예의 바르게 행동하라고 당부하면서, 후원회 이사가 말을 걸 때마다 "네, 이사님", "아닙니다, 이사님"이라고 대답하라고 일러두어야 했다.

　괴로운 시간이었다. 가여운 제루샤 애벗은 가장 나이 많은 아이인 탓에 누구보다도 힘들게 그 시간을 보내야 했다. 그러나 오늘 이 첫 수요일도 다른 때와 마찬가지로 마침내 끝을 향해 가고 있었다. 제루샤는 보육원 손님들에게 대접할 샌드위치를 만드느라 머물던 식료품 저장실에서 빠져나와, 평소 하던 일을 마치려고 위층으로 향했다. 제루샤가 담당한 방은 F실로, 네 살부터 일곱 살에 이르는 어린아이들 열한 명이 나란히 놓인 작은 침대 열한 개를 썼다. 제루샤는 그 아이들을 한데 모아 구겨진 옷자락을 펴주고, 코를 닦아주고, 질서 정연하게 줄을 세워 식당으로 보냈다. 아이들은 빵과 우유와 자두 푸딩을 먹으며, 축복받은 30분을 누릴 것이다.

제루샤는 창가 의자에 털썩 주저앉아, 팔딱거리는 관자놀이를 차가운 유리창에 가져다 댔다. 그날 새벽 다섯 시부터 자리에 한 번 앉지 못하고, 이 사람 저 사람의 요구에 따르며 신경질적인 원장에게 꾸지람을 듣고 재촉을 받은 터였다. 리펫 원장은 후원회 이사들과 보육원을 시찰하는 여성 방문객들 앞에서는 차분하고 점잖게 품위를 지켰지만, 뒤돌아서면 늘 그렇지만은 않았다. 제루샤의 눈길이 꽁꽁 얼어붙은 넓은 풀밭을 지나 보육원 경계를 표시한 높은 쇠 울타리 너머로 향했다. 농장이 점점이 흩어진 구불구불한 산등성이를 따라가니, 헐벗은 나무들 사이로 솟아오른 마을 첨탑이 보였다.

하루가 끝났다. 제루샤 생각에는 꽤 성공적인 하루였다. 후원회 이사들과 시찰단은 보육원을 둘러보고 보고서를 읽은 뒤에 차까지 마셨고, 이제 앞으로 한 달은 이 귀찮은 책무를 잊고 지내도 되니 안락한 난롯가가 기다리는 집으로 돌아가려고 서두르는 참이었다. 제루샤는 호기심에, 그리고 약간 아쉬운 마음으로 몸을 내밀고 보육원 정문을 줄줄이 빠져나가는 마차와 자동차를 바라보았다. 상상 속에서, 제루샤는 처음 빠져나간 마차와 그다음 마차들을 따라 산등성이 곳곳에 흩어진 저택으로 향했다. 모피 코트를 두르고 깃털 장식이 달린 벨벳 모자를 쓴 자신이 자동차 뒷좌석에 몸을 기대며, 운전사에게 "집으로"라고 무심하게 중얼거리는 모습을 그려보았다. 그러나 저택 문턱을 밟는 순간 그 광경은 흐릿해졌다.

제루샤는 상상력이 넘쳤다. 리펫 원장 말로는, 조심하지 않으면 곤란해질 만한 상상력이었다. 그러나 상상력이 아무리 기발한들, 저택 현관을 넘어 안으로 들어갈 수가 없었다. 열성적이고 대담한 제루샤는 가엾게도, 열일곱 살이 되도록 평범한 가정집에 발을 들여놓은 적이 없었다. 그래서 고아들과 부대끼지 않고 살아가는 다른 사람들의 일상을 그려볼 수가 없었다.

제―루―샤 애―벗

사―무실에서

찾―으신단다

서두르는 게
좋을걸!

성가대로 섰던 토미 딜런이 노래를 부르며 계단을 올라와 복도를 걷고 있었다. 토미가 F실로 가까이 올수록 노랫소리도 커져갔다. 제루샤는 몸을 비틀며 창문에서 떨어져 나와 괴로운 현실을 다시 마주했다.

"누가 날 찾아?"

제루샤가 걱정을 숨기지 못한 목소리로 토미의 노래를 자르며 물었다.

사무실에서 리펫 원장님이
화가 나신 것 같더라
아―아―멘!

토미는 경건하게 읊조렸지만 악의가 있어서 그러는 건 아니었다. 제아무리 무정한 고아라도 잘못을 저지르고 사무실로 불려가 짜증이 난 원장을 마주해야 하는 누나에게는 연민을 느끼는 법이다. 게다가 토미는 제루샤가 가끔 팔을 홱 잡아당겨 코를 빡빡 문질러 닦아주는데도 제루샤를 좋아했다.

제루샤는 아무 대꾸도 하지 않았지만 이마에 주름 두 개가 나란히 잡혔다. 뭐가 잘못된 걸까? 제루샤는 생각해보았다. 샌드위치 두께가 적당하지 않았나? 견과류 케이크에 껍데기가 들어갔나? 수지 호손의 양말에 구멍이 난 걸 여성 방문객이 봤나? 혹시…… 오, 맙소사! 이 F실의 천사 같은 아이들 중 하나가 이사에게 말대꾸라도 한 걸까?

아래층의 긴 복도는 아직 불이 켜지지 않았다. 제루샤가 아래층으로 내려가는데, 마지막 남은 후원회 이사가 막 떠나려는 참이었는지 자동차를 타고 내리는 곳으로 이어지는 열린 문 앞에 서 있었다. 제루샤의 눈에 그 모습이 스치듯 지나갔다. 키가 크다는 느낌만 들었다. 이사는 굽은 길모퉁이에서 대기 중이던 자동차를 향해 팔을 흔들었다. 자동차가 즉시 시동을 걸고 정면에서 다가왔고, 눈부신 전조등 불빛 때문에 그 남자의 그림자가 건물 안쪽 벽에 뚜렷이 드리웠다. 기괴할 정도로 길게 늘어난 그림자는 그 팔다리가 바닥을 지나 복도 벽까지 이어졌다. 어느 모로 보나 엄청나게 큰 장님거미(이 책의 원제이기도 한 'Daddy-long-legs'는 원래 장님거미를 뜻한다. 다리가 가늘고 매우 길어 쉽게 식별할 수 있다 – 옮긴이)가 흔들거리는 모습처럼 보였다.

걱정으로 얼굴을 찌푸리고 있던 제루샤는 순간 웃음을 터뜨렸다. 제루샤는 천성적으로 명랑한 성격이라 아주 사소한 일에서도 늘 재미를 포착했다. 후원회 이사라는 위압적인 존재에게서 재미있는 요소를 찾아내다니 예상치 못한 수확이었다. 제루샤는 그 사소한 사건 덕분에 기분이 꽤 좋아져서 사무실에 들어갔고, 웃음 띤 얼굴로 리펫 원장을 바라보았다. 놀랍게도 원장 역시, 웃지는 않았지만 적어도 눈에 띄게 상냥한 얼굴이었다. 손님들에게 보여주던 표정과 비슷할 만큼 유쾌해 보였다.

"앉아라, 제루샤. 할 말이 있다."

제루샤는 가장 가까운 의자에 앉아, 숨을 죽이고 기다렸다. 자동차 불빛이 창문을 스치고 지나갔다. 리펫 원장이 그쪽을 힐끔 쳐다보았다.

"좀 전에 떠난 분 보았니?"

"뒷모습만 보았어요."

"후원회 이사님들 중에서 가장 부유하시고 보육원에 막대한 후원금을 기부하신 분이다. 성함은 밝힐 수가 없어. 익명을 보장해달라는 조건을 분명히 밝히셨거든."

제루샤의 눈이 살짝 커졌다. 사무실로 불려와서 원장과 후원회 이사들의 특이한 성향에 대해 이야기를 나누는 일은 전혀 익숙하지 않았다.

"그분은 우리 보육원 남자아이들 몇 명에게 관심을 보이셨지. 찰스 벤턴과 헨리 프리즈 기억나지? 그 아이들을 대학에 보내주신 분이 바로 이…… 그러니까 바로 이 이사님이시고, 둘 다 열심히 공부하고 성공해서 그토록 관대하게 보내주신 후원금에 보답했단다. 그분이 다른 보답은 바라지 않으시거든. 지금까지 그분은 남자아이들에게만 자선을 베푸셨다. 아무리 애를 써도 보육원의 여자아이에게는 전혀 관심을 갖지 않으셨어. 아무리 뛰어난 여자아이라고 해도 말이야. 아마 여자아이들을 좋아하지 않으시는 모양이다."

"네, 원장님."

이쯤에서 뭐든 대답해야겠다 싶어서 제루샤는 중얼거리듯 말했다.

"오늘 정기 회의에서 네 장래 문제가 거론되었다."

리펫 원장은 잠시 입을 다물었다가, 듣는 사람을 일순간에 긴장시키려는 듯이 몹시 차분한 모습으로 아주 천천히 말을 이었다.

"알겠지만 대개 열여섯 살이 넘은 아이는 보육원에서 데리고 있지 않는데 네 경우는 예외였다. 넌 열네 살에 우리 보육원 학교를 마쳤고 성적도 좋았기에, 물론 품행이 늘 단정하진 않았지만, 우리는 너를 마을 고등학교에 보내기로 했던 거란다. 이제는 고등학교도 마쳤으니 당연히 보육원에서는 더는 네 생계를 책임질 수가 없어. 사실 넌 대부분 아이들보다 2년 더 여기에서 지냈잖니."

리펫 원장은 제루샤가 그 2년 동안 숙식을 제공받는 대신 열심히 일했다는 사실, 학교보다는 보육원의 편의를 우선으로 삼았다는 사실, 오늘 같은 날이면 학교에 가지 못하고 남아서 청소를 했다는 사실을 모른 척했다.

"말했듯이 네 장래 문제가 거론되어서, 네 성적표를 보면서 의논했단다. 아주 꼼꼼하게."

리펫 원장은 피고석에 앉은 죄수를 대하듯이 비난하는 눈초리로 바라보았고, 죄수의 얼굴에는 죄책감이 드러났다. 성적표에 눈에 띄게 나쁜 내용이 기록되었다는 사실이 떠올라서가 아니라 그런 표정을 지어야 할 것 같았기 때문이다.

"물론 너 같은 형편에 있는 아이에게 대개 일할 곳을 찾아주지만, 몇몇 과목 성적이 꽤 좋더구나. 영문학 시간에 활약이 대단했던 모양이야. 보육원 시찰단인 프리처드 씨가 학교 교육위원회에서도 활동하고 계신단다. 그분이 네 작문 선생님과 이야기를 나누셨다고 하시면서 너에게 도움이 될 말들을 해주셨지. 또 네가 썼다는 「우울한 수요일」이라는 작문을 소리 내어 읽어주셨고."

이번에 제루샤의 얼굴에 나타난 죄책감은 꾸며낸 것이 아니었다.

"너에게 그토록 많은 것을 베풀어준 보육원을 웃음거리로 만들다니, 감사한 마음이 전혀 없는 모양이더구나. 그나마 내용이 재미있기에 망정이지, 그렇지 않았으면 용서받지 못했을 거다. 너에게는 다행스러운 일이지만, 그…… 그러니까 좀 전에 가신 그 이사님은 유머 감각이 지나치게 뛰어난 모양이야. 그 뻔뻔스러운 내용을 듣고 너를 대학에 보내주겠다고 하셨으니 말이다."

"대학이요?"

제루샤의 눈이 휘둥그레졌다. 리펫 원장이 고개를 끄덕였다.

"그분이 남아서 나하고 조건을 상의하셨다. 특이한 조건이지. 참 별난 분이야. 너에게 독창성이 있다고 하시면서, 작가로 키울 생각을 하시더구나."

"작가요?"

제루샤는 머리가 멍해졌다. 리펫 원장의 말을 그대로 따라 할 수밖에 없었다.

"그게 그분 바람이야. 결과가 어떨지는 두고 봐야지. 그분이 아주 후하게 용돈을 주실 거다. 돈 관리를 해본 적 없는 여자아이에게는 너무 후한 금액이지. 하지만 그분이 구체적으로 계획을 말씀하셔서, 어떤 의견을 내기가 어려웠다. 이번 여름은 여기 남아서 보낼 텐데 프리처드 씨가 친절하게도 네 준비를 맡아주시겠다는구나. 기숙사비와 등록금은 대학에 직접 지불할 테고, 너는 그곳에서 보내는 4년 동안 매달

35달러를 용돈으로 받게 될 거다. 그 정도면 다른 학생들과 같은 수준으로 지낼 수 있을 거야. 돈은 한 달에 한 번씩 이사님의 개인 비서가 너에게 보낼 텐데, 너는 그 보답으로 한 달에 한 번씩 감사 편지를 보내면 돼. 다만 후원금을 주셔서 감사하다는 내용은 말고. 그분은 그 내용이 거론되는 걸 싫어하신다. 네 학업 진척 상황과 이런저런 일상생활에 대해 써 보내는 거야. 네 부모님이 살아 계셨다면 썼을 그런 편지 말이다."

리펫 원장은 말을 이었다.

"그 편지를 '존 스미스 씨 앞으로'라고 적어서 보내면 비서가 처리할 거다. 이사님 성함은 존 스미스가 아니지만, 익명으로 남기를 원하신다. 너에게는 언제까지나 존 스미스 씨일 거라는 뜻이야. 그분이 편지를 쓰라고 하시는 건 편지 쓰기가 문학적 표현 능력을 키우는 데 으뜸이라고 생각하시기 때문이다. 네겐 편지를 주고받을 가족이 없으니, 이런 식으로나마 편지를 쓰기를 바라시는 거야. 또 네 발전 과정을 지켜보고 싶은 마음도 있다고 하시는구나. 그분은 답장을 보내지 않으실 거고 편지 내용에 눈곱만큼도 관심을 보이지 않으실 거다. 그분은 편지 쓰기를 싫어하시고, 네가 그분께 부담이 되는 것도 원하지 않으신다. 혹시라도 반드시 답장이 필요할 경우에는, 그러니까 그런 일은 없겠지만 퇴학을 당한다든지 하는 일이 생겼을 경우에는 이사님의 비서인 그릭스 씨에게 연락을 드려라. 매달 보내는 편지는 네가 반드시 지켜야 할 의무야. 스미스 씨가 요구한 보답은 그것뿐이니, 청구서 대금을 지불하듯이 꼬박꼬박 편지를 보내드려야 해. 늘 공손한 말투를 사용해서 네가 보육원에서 잘 교육받았다는 걸 보여주길 바란다. 존 그리어 보육원의 이사님께 편지를 쓴다는 사실을 명심해야 해.”

제루샤의 눈이 간절하게 문으로 향했다. 흥분한 나머지 머리가 어지러웠고, 리펫 원장의 상투적인 말에서 벗어나 혼자서 생각해보고 싶은 마음뿐이었다. 제루샤는 자리에서 일어나 조심스레 뒷걸음질쳤다. 리펫 원장이 손짓으로 제루샤를 붙들었다. 연설을 늘어놓을 기회를 놓칠 수 없었던 것이다.

“이토록 드문 행운이 너를 찾아왔다는 사실에 마땅히 감사한 마음이겠지? 너 같은 처지의 여자아이들 중에 이렇게 출세할 기회를 얻은 사람은 많지 않아. 언제나 반드시 명심하고⋯⋯.”

“저는⋯⋯ 네, 원장님, 감사합니다. 혹시, 말씀 끝나셨으면, 저는 프레디 퍼킨스의 바지를 꿰매야 해서 이만 가봐야겠습니다.”

제루샤는 사무실 밖으로 나가 문을 닫았다. 리펫 원장은 입을 떡 벌린 채 그 모습을 바라보았고 장황한 연설은 허공으로 사라졌다.

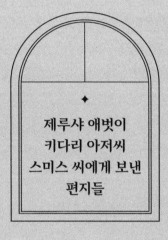

제루샤 애벗이
키다리 아저씨
스미스 씨에게 보낸
편지들

퍼거슨 기숙사 215호에서

9월 24일

고아를 대학에 보내주신 친절한 이사님께

드디어 도착했어요! 어제 기차를 네 시간이나 탔답니다. 이상한 기분이 들었어요. 그렇지 않겠어요? 전에는 한 번도 기차를 타보지 못했으니까요.

대학은 엄청 크고 당황스러운 곳이에요. 기숙사 방을 나설 때마다 길을 잃고 말아요. 나중에 어리둥절한 기분이 좀 사라지면 제대로 설명해드릴게요. 수업에 대해서도 말씀드리고요. 강의는 월요일 아침부터 시작되는데, 오늘은 토요일 밤이거든요. 하지만 우선 인사라도 드릴 겸 편지를 쓰고 싶었어요.

모르는 사람에게 편지를 쓰다니 기분이 묘하네요. 저에게는 편지를 쓰는 일부터가 기묘해요. 지금껏 편지라면 서너 번 써본 게 전부거든요. 그러니 이 편지가 모범적인 사례가 아니더라도 부디 눈감아주시길 바랍니다.

어제 아침 떠나기 전, 리펫 원장님과 아주 진지하게 이야기를 나눴어요. 원장님은 제가 남은 평생 어떻게 처신해야 하는지, 특히 저에게 크나큰 도움을 주시는 친절한 신사분을 어떻게 대해야 하는지 말씀해주셨어요. 공손함을 잃지 않도록 주의해야 한다고 말이에요.

하지만 '존 스미스'라고 불러달라고 하는 분께 어떻게 큰 존경심을 가질 수 있을까요? 좀 더 개성 있는 이름을 고르실 순 없었나요? 차라리 '말뚝 씨'나 '빨랫줄 기둥 씨'에게 편지를 쓰는 게 나을 거예요.

올여름에 이사님 생각을 아주 많이 했답니다. 긴 시간이 지난 뒤 드디어 누군가 나에게 관심을 보여주니 마치 가족을 찾은 것만 같아요. 이제는 내가 누군가에게 속한 듯하고 그건 참 편안한 기분이에요. 하지만 이사님을 생각하면 상상력을 발휘할 여지가 거의 없다는 점은 말씀드려야겠어요. 제가 아는 사실은 세 가지뿐이에요.

1. 키가 크다.

2. 부자다.

3. 여자아이를 싫어한다.

어쩌면 이사님을 '여자아이를 싫어하는 분'이라고 불러야 할지도 모르겠어요. 하지만 저에 대한 모욕이겠죠. '부자인 분'이라고 불러도 되겠지만, 그건 이사님께 모욕이에요. 부자라는 사실 말고는 이사님께 중요한 특징이 없다고 말하는 듯 들리니까요. 게다가 부자라는 건 매우 외적인 조건이에요. 평생 부자로 살지 못할 수도 있잖아요. 월스트리트에서는 아주 영리한 남자들도 파산하는 경우가 많으니 말이에요. 하지만 이사님 키가 크다는 사실만큼은 평생 변하지 않을 거예요! 그래서 저는 이사님을 '키다리 아저씨'라고 부르기로 했어요. 언짢게 여기지 않으시면 좋겠어요. 우리끼리만 부르는 애칭이니 리펫 원장님께는 알리지 않기로 해요.

2분 안에 열 시 정각 종이 울릴 거예요. 여기에서는 하루 일과가 종소리에 따라 나뉘어요. 우리는 종소리를 따라, 먹고 자고 공부를 하지요. 아주 활기차답니다. 매번 소방차를 끄는 말이 된 기분이 들어요. 종이 울려요! 불을 끌게요. 안녕히 주무세요.

제가 규칙을 얼마나 철저히 따르는지 아시겠죠? 존 그리어 보육원에서 받은 훈련 덕분이랍니다.

더없이 공손한

제루샤 애벗 올림

10월 1일

키다리 아저씨께

　저는 대학이 정말 좋습니다. 저를 여기 보내주신 아저씨가 정말 좋아요. 아주아주 행복하고, 그래서 매 순간 몹시 두근거려 거의 잠을 잘 수 없을 정도예요. 이곳이 존 그리어 보육원과 얼마나 다른지 상상도 못 하실 거예요. 세상에 이런 곳이 있을 줄은 꿈에도 몰랐어요. 여자가 아닌 사람들, 여기 오지 못하는 모든 사람들을 생각하면 안타까워요. 아저씨가 어릴 때 다닌 대학도 분명 이만큼 멋지진 않았을걸요.

　제 방은 대학 부속병원을 새로 짓기 전에 전염병 환자용 병동으로 쓰던 탑에 있어요. 같은 층에 여학생 세 명이 더 있죠. 우리에게 좀 더 조용히 해달라고 입버릇처럼 말하는 안경 쓴 4학년 선배와 신입생인 샐리 맥브라이드, 줄리아 러틀리지 펜들턴이에요. 샐리는 빨간 머리에 들창코이고 아주 싹싹해요. 줄리아는 뉴욕의 오랜 명문가 출신인데, 아직은 저에게 눈길도 주지 않아요. 그 아이들은 함께 방을 쓰고, 선배와 저는 각각 독방을 써요. 보통 신입생은 독방을 쓰지 못해요. 그건 아주 드문 일인데, 저는 부탁하지 않았는데도 독방을 쓰게 되었어요. 아마 교무과에서, 반듯하게 자란 여자아이에게 보육원 출신과 한방을 쓰라고 하는 건 옳지 않다고 생각한 모양이에요. 고아라서 좋은 점도 있다니까요!

제 방은 북서쪽 모퉁이에 있는데, 창이 두 개에다 전망이 좋아요. 18년 동안 스무 명과 함께 방을 쓰다가 혼자 있으니 마음이 편안해요. 처음으로 제루샤 애벗을 알게 될 기회가 생긴 거죠. 아무래도 저는 그 아이가 마음에 들 것 같아요.

아저씨는 어떠신가요?

화요일

1학년 농구팀을 만든다는데, 어쩌면 제가 뽑힐지도 모르겠어요. 몸집은 작지만, 굉장히 재빠르고 강인하고 끈질기거든요. 다른 아이들이 공중으로 뛰어오르면, 저는 그 발밑을 파고들어 공을 가로챌 수 있답니다. 농구 연습은 정말 재미있어요. 오후에 운동장에 나가면 빨갛고 노랗게 물든 나무들이 사방을 둘러싸고 공중에는 낙엽 태우는 냄새가 가득한 데다, 모두가 웃음을 터뜨리며 소리를 질러대요. 이 여자아이들은 제가 본 가장 행복한 사람들이에요. 그리고 그중 가장 행복한 사람은 바로 저랍니다!

긴 편지를 써서 제가 배우고 있는 내용을 죄다 말씀드리려고 했는데(리펫 원장님 말씀으로는 아저씨가 알고 싶어하신다고 하셨으니), 7교시 종이 막 울린 참이라 10분 안에 체육복을 입고 운동장으로 나가야 해요. 아저씨도 제가 농구팀에 들어가길 바라시겠죠?

제루샤 애벗 올림

• 추신(9시) •

좀 전에 샐리 맥브라이드가 제 방에 고개를 들이밀었어요. 이렇게 말했죠.

"집이 그리워서 도무지 견딜 수가 없어. 너도 그래?"

저는 살짝 웃으며 아니라고 했어요. 극복할 수 있을 것 같다고 말이에요. 적어도 향수병에서는 일찌감치 벗어났으니까요! 보육원이 그리워서 견딜 수 없다는 말은 들어보지 못했어요. 그렇지 않나요?

키다리 아저씨께

미켈란젤로에 대해 들어보셨어요?

중세 시대에 이탈리아에서 살았던 유명한 화가예요. 영문학 시간에 보니, 다들 그 사람을 아는 것 같았어요. 저는 대천사를 말하는 줄 알았는데, 덕분에 강의실 전체가 웃음을 터뜨렸어요. 이름이 꼭 대천사('미카엘 대천사' 혹은 '성 미카엘'은 로마 가톨릭교와 동방정교 등에서 하느님의 세력을 나타내는 대천사들 중 하나다–옮긴이) 같지 않나요? 대학의 문제점은 제가 배운 적 없는 수많은 내용을 당연히 안다고 여기는 거예요. 가끔은 몹시 당황스러워요. 하지만 이제는 다른 친구들이 들어보지도 못한 이야기를 하면, 그냥 가만히 있다가 백과사전에서 찾아본답니다.

첫날에 끔찍한 실수를 저질렀어요. 누군가 '모리스 마테를링크'(1911년 노벨 문학상을 수상한 벨기에의 시인이자 극작가로, 동화 『파랑새』로 잘 알려졌다–옮긴이)라는 이름을 꺼냈는데, 제가 그 아이도 신입생이냐고 물었거든요. 그 이야기가 대학 곳곳에 퍼져 웃음거리가 되고 말았죠. 하지만 어쨌거나 저는 다른 동급생들만큼이나 똑똑해요. 그중 어떤 학생들보다는 더 똑똑하고요!

제가 방을 어떻게 꾸몄는지 궁금하지 않으세요? 갈색과 노란색을 조화롭게 섞었답니다. 벽이 노란 색조여서, 노란

데님 커튼과 쿠션, 마호가니 책상(3달러짜리 중고), 등나무 의자, 가운데에 잉크 얼룩이 있는 갈색 양탄자를 샀어요. 얼룩 위에 의자를 놓았죠.

창이 너무 높아 평범한 의자에 앉아서는 밖을 볼 수가 없어요. 하지만 서랍장 뒤쪽에서 나사를 풀어 거울을 떼어내고, 서랍장에 천을 씌워 창가에 바짝 붙여두었죠. 그랬더니 창가 의자로 쓰기 딱 좋은 높이가 되었어요. 서랍을 계단처럼 꺼내 밟고 오르면 돼요. 얼마나 편안한지!

샐리 맥브라이드가 4학년 경매에서 물건을 고르도록 도와주었어요. 샐리는 평생 한집에서 살았고, 집 꾸미기에 대해 많이 알아요. 쇼핑을 하면서 진짜 5달러 지폐를 내고 거스름돈을 받는 게 얼마나 짜릿한지 상상도 못 하실 거예요. 평생 5센트짜리 동전 외에는 손에 쥔 적이 없는 사람만 아는 기분이죠. 분명히 말씀드리지만, 아저씨, 저는 아저씨가 주시는 용돈을 진심으로 감사하게 생각해요.

샐리는 세상에서 가장 재미있는 사람이에요. 줄리아 러틀리지 펜들턴은 가장 재미없는 사람이고요. 공교롭게도 교무과에서 그런 둘에게 한방을 주었답니다. 샐리는 모든 게 재미있다고 생각해요. 낙제마저도 말이에요. 줄리아는 모든 게 따분하다고 생각해요. 다른 사람들과 어울리려는 노력을 눈곱만큼도 하지 않아요. 펜들턴 가문 사람이라면, 그 사실만으로 더는 시험을 치르지 않고 천국에 들어갈 수 있다고 믿더라고요. 줄리아와 저는 앙숙이 될 운명이에요.

참, 무엇을 배우고 있는지는 대체 언제 이야기해주나 하고 초조하게 기다리셨죠?

1. 라틴어: 2차 포에니 전쟁. 한니발 장군과 그의 부대가 지난밤 트라시메누스 호수에 진을 침. 매복하고 로마군을 기다렸으며, 금일 제4경(저녁과 밤을 4등분해서 표현했던 로마의 시간법으로 새벽 3시~6시를 뜻한다 – 옮긴이)에 전투가 벌어짐. 로마군 후퇴.

2. 프랑스어:『삼총사』24쪽과 불규칙동사인 3군 동사.

3. 기하학: 원기둥 끝내고 원뿔 학습 중.

4. 영문학: 설명문. 내 문체의 명료성과 간결성이 나날이 향상됨.

5. 생리학: 소화계가 나옴. 다음 시간에는 담즙과 췌장.

열심히 학식을 쌓는 중인

제루샤 애벗 올림

• 추신 •

술은 입에도 대지도 않으시겠죠, 아저씨? 간에 끔찍한 영향을 미칠 수 있답니다.

수요일

키다리 아저씨께

저 이름을 바꿨어요.

기록상으로는 그대로 '제루샤'지만, 그 밖의 다른 곳에서는 '주디'예요. 생애 첫 애칭을 직접 지어야 하다니, 정말 서글프지 않나요? 하지만 주디라는 이름은 완전한 창작품이 아니에요. 프레디 퍼킨스가 말이 유창해지기 전엔 저를 그렇게 불렀거든요.

리펫 원장님이 아기들 이름을 고를 때 좀 더 창의력을 발휘하면 좋겠어요. 원장님은 전화번호부를 보고 아이들 성을 찾아요. 첫 페이지에 '애벗'이 있을 거예요. 그리고 이름은 여기저기에서 따서 짓죠. 제루샤는 묘비에서 따온 거예요. 저는 그 이름이 항상 싫었어요. 하지만 주디는 꽤 마음에 들어요. 참 엉뚱한 이름이에요. 저와는 다른 부류의 소녀에게 붙이는 이름이죠. 눈이 푸른 앙증맞은 소녀, 온 가족의 사랑을 받는 응석받이, 평생 아무 걱정 없이 즐겁게 뛰어노는 아이 말이에요. 그런 아이가 된다면 좋지 않을까요? 저에게 어떤 결점이 있더라도, 가족들이 오냐오냐 받아주니 누구도 버릇이 없다며 비난하진 못할 거예요! 하지만 그렇게 살아온 셈 치는 것도 무척 재미있어요. 앞으로는 언제나 주디라고 불러주세요.

　뭐 하나 알려드릴까요? 저에게는 염소 가죽 장갑이 세 켤레 있어요. 예전에 크리스마스트리 밑에 선물로 놓여 있던 염소 가죽 엄지장갑이 있긴 했지만, 다섯 손가락이 따로 들어가는 진짜 가죽 장갑은 처음이에요. 잠깐씩 꺼내서 껴본답니다. 그나마 그 장갑을 끼고 수업을 들으러 가지 않으니 다행이랄까요.

　(저녁 식사 종이 울려요. 가볼게요.)

금요일

어떻게 생각하세요, 아저씨? 영문학 교수님이 제 지난번 과제물이 무척 뛰어난 독창성을 보여준다고 말씀하셨어요. 정말 그렇게 말씀하셨다니까요. 교수님께서 하신 말씀이에요. 제가 18년 동안 받은 교육을 생각하면, 불가능한 일 같지 않나요? (아저씨도 분명 아실 테고 진심으로 동의하시겠지만) 존 그리어 보육원의 목표는 고아 아흔일곱 명을 쌍둥이 아흔일곱 명으로 바꾸는 거니까요.

　제 남다른 예술적 재능은 장작 헛간 문에 분필로 리펫 원장님을 그리던 어린 시절에 발달한 거랍니다.

제가 어린 시절을 보낸 곳을 비난한다고 언짢아하시지는 않겠죠? 하지만 아시는 대로 아저씨가 유리한 입장이에요. 제가 너무 무례하게 굴면, 언제든 수표 지급을 멈추시면 되잖아요. 그다지 예의 바른 말이 아니란 걸 알지만, 저에게 예의를 조금이라도 기대하시면 안 돼요. 보육원은 숙녀들이 다니는 신부 학교가 아니니까요.

평범한 고아

뒷모습　　　　　앞모습

아시겠지만 아저씨, 대학에서 힘든 건 공부가 아니에요. 노는 거예요. 저는 친구들이 하는 말 중에 절반은 알아듣질 못해요. 그 애들이 주고받는 농담은 저만 빼고 모두가 아는 과거와 관련된 모양이에요. 이 세상에서 저는 이방인이고, 그래서 언어를 이해하지 못하는 거죠. 비참한 기분이에요. 지금껏 늘 그랬어요. 고등학교 때는 여자아이들이 삼삼오오 모여서 저를 쳐다보기만 했어요. 저는 이상하고 별난아이였고, 다들 그걸 알았죠. 정말이지 얼굴에 '존 그리어 보육원'이라고 쓰여 있는 기분이었어요. 그러다가 으레 동정심많은 아이들 몇몇이 저에게 다가와서 예의 바르게 말을 건네요. 저는 그 아이들이 모두 싫었어요. 동정심 많은 아이들이가장 싫었죠.

이곳에서는 제가 보육원에서 자랐다는 사실을 아무도몰라요. 샐리 맥브라이드에게는 부모님이 돌아가셨고 어느친절한 노신사가 저를 대학에 보내주었다고 말했는데, 그 말자체는 온전히 사실이잖아요. 저를 겁쟁이라고 생각하지 않으시면 좋겠어요. 하지만 정말로 다른 친구들처럼 되고 싶어요. 제 어린 시절을 뒤덮은 그 끔찍한 보육원은 그 친구들과저의 아주 커다란 차이점이죠. 그 사실을 외면하고 모두 잊어버릴 수만 있다면, 저도 다른 친구들처럼 매력적인 사람이 될지도 몰라요. 속을 들여다보면 진짜 별다른 점 같은 건 없을테니까요. 그렇지 않나요?

어쨌든 샐리 맥브라이드는 저를 좋아한답니다!

아저씨의 변함없는 벗

주디 애벗 올림

(예전의 제루샤)

토요일 아침

이 편지를 다시 읽어봤는데, 침울한 느낌이네요. 하지만 월요일 아침까지 써야 할 특별 논문에 기하학 복습도 있는 데다 재채기가 심한 감기까지 걸렸다는 걸 생각해주시면 안 될까요?

일요일

어제 편지 부치는 걸 깜빡했어요. 그래서 화났던 일을 덧붙여 쓸게요. 오늘 아침에 주교님이 오셔서 뭐라고 설교를 했는지 아세요?

"성경에서 우리에게 주시는 가장 유익한 약속은 이것입니다. '가난한 자가 늘 너희 곁에 있으리라.' 그들은 우리가 자비심을 잃지 않도록 이곳에 있습니다."

가난한 사람들을 일종의 쓸모 있는 가축으로 취급하는

것 좀 보세요. 제가 지금 교양과 품위를 갖추지 않았다면, 예
배 후에 주교님에게 가서 제 생각을 말했을 거예요.

10월 25일

키다리 아저씨께

　　제가 농구팀에 들어갔어요. 왼쪽 어깨에 멍이 든 걸 보
셔야 하는데 말이에요. 푸른색과 적갈색이 섞여 있는데 얇은
주황색 줄도 보여요. 줄리아 펜들턴도 농구팀에 들어오려고
했지만 들어오지 못했어요. 만세!

농구하는
주디

　　제가 얼마나 심술궂은 성격인지 아시겠죠?

대학 생활이 점점 더 좋아져요. 친구들도 교수님들도 수업도 캠퍼스도 음식도 마음에 들어요. 일주일에 아이스크림을 두 번 먹는데 옥수수 죽은 절대 나오지 않아요.

아저씨는 한 달에 한 번씩만 제 소식을 듣고 싶다고 하셨잖아요? 그런데 며칠에 한 번씩은 편지를 써대고 있네요. 하지만 이 새로운 모험이 몹시 흥미진진해서 누군가에게 말하지 않고는 못 배기겠어요. 그리고 제가 아는 사람이라고는 아저씨뿐이에요. 호들갑을 용서해주세요. 저도 곧 익숙해질 테니까요. 편지가 지루하면 언제든 쓰레기통에 버리셔도 좋아요. 11월 중순까지는 편지를 쓰지 않겠다고 약속드립니다.

아저씨의 수다쟁이 친구

주디 애벗 올림

11월 15일

키다리 아저씨께

오늘 배운 내용인데 들어보세요.

'정각뿔대의 옆넓이는 두 밑면 둘레의 합에 옆면인 사다리꼴의 높이를 곱한 값의 절반이다.'

사실인 것 같지 않지만 사실이에요. 증명할 수 있어요!

제 옷에 대해서는 듣지 못하셨죠, 아저씨? 모두 여섯 벌인데 다 새 옷이고 아름답고, 누군가 입다 작아져서 물려준 옷이 아니라 제가 입으려고 산 거예요. 아마도 아저씨는 그게 고아의 삶에서 맛본 최고의 순간이라는 사실을 모르시겠죠? 아저씨가 주신 것이니, 정말, 정말, 정말 감사드립니다. 공부를 한다는 건 멋진 일이에요. 하지만 새 옷 여섯 벌을 갖게 되었다는 아찔한 경험에 비하면 아무것도 아니랍니다. 보육원 시찰단인 프리처드 씨가 옷을 골라주셨어요. 리펫 원장님이 아니라 천만다행이죠. 실크에 분홍색 무명을 덧댄 이브닝드레스 한 벌(이 옷을 입으면 완벽하게 아름다워져요), 교회 갈 때 입는 파란색 드레스 한 벌, 얇고 가벼운 붉은 명주 망사 천으로 만들고 동양풍 장식을 단 만찬회용 드레스 한 벌(이 옷을 입으면 집시처럼 보여요), 샬리 천으로 만든 장미색 드레스가 한 벌 더, 회색 외출복 한 벌, 수업 갈 때 입는 평상복 드레스가 한 벌이에요. 줄리아 리틀리지 펜들턴이라면 이 정도는 아주 큰 옷장이라고 할 수 없겠지만, 제루샤 애벗에게는 그렇지요. 세상에!

아마 지금쯤 제가 아주 경솔하고 천박한 작은 짐승이라고, 여자아이를 공부시키는 데 돈을 쓰다니 정말 큰 낭비라고 생각하고 계시겠죠?

하지만 아저씨, 아저씨가 평생 바둑판무늬 무명옷만 입으셨다면, 제 기분을 아실 거예요. 그리고 고등학교에 들어갔을 때는 바둑판무늬 옷보다 훨씬 끔찍한 요소가 새로 나타났어요.

바로 자선함이에요.

자선함에 담긴 그 처량한 옷을 입고 학교에 가는 걸 제가 얼마나 두려워했는지 모르실 거예요. 틀림없이 교실에서 그 옷의 원래 주인인 여자애 옆에 앉게 될 테고, 그 여자애가 다른 아이들에게 귓속말을 하고 키득거리며 제 옷을 가리킬 거라는 생각이 들었으니까요. 적의 헌 옷을 입었다는 비통함은 영혼을 잠식해요. 앞으로 평생 실크 스타킹을 신는다 한들, 그 상처를 지울 수는 없을 거예요.

최신 전쟁 속보!

현장에서 전하는 소식입니다.

11월 13일 목요일 제4경, 한니발이 로마군 선발대를 대파한 뒤, 카르타고 군대를 이끌고 산맥을 넘어 카실리눔 평원에 들어섰습니다. 누미디아 경장비 보병대가 퀸투스 파비우스 막시무스 장군의 보병대와 교전을 벌였습니다. 두 차례의 전투와 가벼운 접전이 있었는데요. 로마군은 크나큰 손실을 입고 퇴각했습니다.

영광스럽게도 최전선에서

아저씨의 특파원으로 활약하는

J. 애벗 올림

• 추신 •

답장을 기대하면 안 된다는 것도 알고, 이런저런 질문으로 귀찮게 굴어서는 안 된다고 주의도 받았지만, 아저씨, 한 번만 말씀해주세요. 아저씨는 엄청 나이가 많은가요, 아니면 약간 많은가요? 또 머리가 완전히 벗겨졌나요, 아니면 약간만 벗겨졌나요? 기하학 정리처럼 추상적으로 아저씨에 대해 생각하기란 아주 어려워요.

여자아이를 싫어하지만, 꽤 건방진 어느 여자아이에게는 매우 관대한 키다리 부자는 어떻게 생겼을까요?

회신 부탁드려요.

12월 19일

키다리 아저씨께

제 질문에 답을 안 하셨는데, 아주 중요한 질문이었어요. 아저씨는 대머리인가요?

아저씨 모습을 정확히 어떻게 그릴지 구상했고 아주 만족스러웠는데, 머리 꼭대기에서 막혀버렸어요. 아저씨 머리가 흰지, 검은지, 아니면 희끗희끗한지, 아니면 머리카락이 아예 없는지 정할 수가 없으니까요.

이게 아저씨 모습이에요.

하지만 문제가 있는데, 머리카락을 덧붙여야 할까요?

아저씨 눈이 무슨 색인지 궁금하세요? 눈은 회색이고, 눈썹은 현관 지붕처럼 튀어나왔어요(소설에서는 돌출된 눈썹이라고 표현하더군요). 입은 꽉 다문 일자지만 입꼬리가 처지는 경향이 있죠. 아, 그래요, 알겠어요! 아저씨는 괴팍하고 무뚝뚝한 노인이에요.

(예배 종이 울리네요.)

저녁 9시 45분

어길 수 없는 규칙 하나를 새로 만들었어요. '아침에 풀어야 할 평가 문제들이 아무리 많아도, 밤에는 절대, 절대 공부하지 않는다.' 대신 평범한 책을 읽어요. 아시겠지만 그래야 해요. 18년이라는 공백만큼 뒤처졌으니까요. 제 머리가 얼마나 깊은 무지의 심연에 빠졌는지, 아저씨, 아저씨는 믿지 못하실 거예요. 제 자신도 그 깊이를 이제야 깨닫는 중인걸요. 제대로 구색을 갖춘 가족과 집, 친구, 서재가 있는 여자아이들이 대부분 자연스럽게 체득한 것들을, 저는 들어본 적도 없어요. 예를 들어볼게요.

저는 『마더구스』나 『데이비드 코퍼필드』, 『아이반호』, 『신데렐라』, 『푸른 수염』, 『로빈슨 크루소』, 『제인 에어』, 『이상한 나라의 앨리스』를 읽어본 적이 없고 러디어드 키플링의 작품 한 줄도 읽어보질 못했어요. 헨리 8세가 한 번 이상 결혼했다는 사실이나 셸리가 시인이라는 것도 몰랐어요. 인간이 한때는 원숭이였고 에덴동산이 아름다운 신화에 불과하다는 것도 몰랐죠. R. L. S.가 로버트 루이스 스티븐슨의 약자라는 것, 조지 엘리엇이 여자라는 것도 몰랐어요. 「모나리자」 그림을 본 적이 없었고, (믿지 않으시겠지만 정말로) 셜록 홈즈라는 이름을 들어본 적이 없어요.

이제는 이 모든 것과 그 밖의 다른 것들도 알지만, 제가 따라잡아야 할 내용이 얼마나 많은지 아시겠죠? 아, 하지만 재미있어요! 하루 종일 저녁이 오기만을 기다렸다가 문에

'공부 중'이라고 써 붙이고는, 멋진 붉은색 가운을 입고 털이 복슬복슬한 실내화를 신고서 소파에 쿠션을 잔뜩 겹쳐 등을 기댄 채로 옆에 있는 학습용 놋쇠 램프에 불을 밝혀요. 그러고는 책을 읽고 또 읽는데, 한 권으로는 부족해요. 한 번에 네 권을 읽지요. 지금은 테니슨의 시들, 소설 『허영의 시장』, 키플링의 『평범한 이야기들』, 그리고…… 웃지 마세요, 『작은 아씨들』을 읽어요. 우리 학교에, 자라면서 『작은 아씨들』을 읽지 않은 사람은 저뿐이더라고요. 하지만 누구에게도 그 이야기를 하진 않았어요(그랬다가는 괴짜로 낙인찍힐걸요). 그냥 조용히 나가서 지난달 용돈 중에서 1달러 12센트로 그 책을 샀어요. 다음번에 누군가 라임 절임 이야기를 꺼내면, 무슨 말을 하는지 저도 알 수 있을 거예요!

(열 시 종이 울려요. 이번 편지는 정말 여러 번 끊기네요.)

토요일

선생님

　기하학 분야에서 새로운 탐험을 하게 되었음을 알려드리게 되어 영광입니다. 지난 금요일에 우리는 그동안 연구하던 평행육면체를 떠나고 깎은 각기둥으로 넘어갔습니다. 우리는 그 길이 거칠고 아주 험난하다는 사실을 깨닫는 중입니다.

일요일

다음 주면 크리스마스 휴가라고 다들 짐을 꾸려요. 복도가
여행 가방으로 가득 차서 지나가기 힘들 정도예요. 모두 한
껏 들떠서 공부는 뒷전이고요. 저는 방학 때 멋진 시간을 보
낼 예정이에요. 텍사스 출신 신입생 한 명도 기숙사에 남는
다고 해서, 함께 긴 산책을 하고 얼음이 얼면 스케이트를 배
울 거랍니다. 게다가 읽어야 할 책도 아직 산더미예요. 그런
데 책을 읽을 수 있는 한가한 시간이 3주나 된다니요!

안녕히 계세요, 아저씨. 아저씨도 저만큼이나 행복하시길.

변함없는 벗

주니 올림

• 추신 •

잊지 말고 제 질문에 답해주셔야 해요. 편지 쓰는 게 귀찮
으시면 비서에게 전보를 보내라고 하세요. 내용은 이 정도
면 돼요.

스미스 씨는 대머리다.

아니면

스미스 씨는 대머리가 아니다.

아니면

스미스 씨는 백발이다.

그리고 저에게 주시는 용돈에서 25센트를 삭감하시고요.

1월까지 잘 지내세요. 메리 크리스마스!

크리스마스 휴가가 끝날 무렵
날짜는 불확실

키다리 아저씨께

　그곳에도 눈이 내리나요? 제 방에서 보이는 세상은 온통 흰옷을 걸쳤고, 팝콘처럼 굵은 눈송이가 떨어지고 있어요. 늦은 오후예요. (차가워 보이는 노란색) 해가 더 차가워 보이는 보라색 언덕 뒤로 넘어가네요. 저는 창턱에 올라앉아 마지막 남은 빛에 의지해 아저씨에게 편지를 쓰고 있죠.

　금화 다섯 닢을 보내주셔서 깜짝 놀랐어요! 크리스마스 선물을 받는 데 익숙하지 않거든요. 아저씨는 이미 많은 것들을 주셨는데, 아시겠지만 사실 제가 가진 모든 것을 주셨잖아요. 그 이상 받을 자격이 있는지 모르겠어요. 하지만 그 선물도 마찬가지로 좋아요. 제가 그 돈으로 뭘 샀는지 알려 드릴까요?

1. 가죽 상자에 든 은시계. 손목에 차고 있으면 수업 시간에 늦지 않겠죠.

2. 매슈 아널드 시집.

3. 보온병.

4. 무릎 담요. (기숙사가 추워서.)

5. 노란 원고지 500장. (곧 작가가 될 연습을 시작할 예정.)

6. 동의어 사전. (작가로서 어휘를 늘리려고.)

7. (이 마지막 물건은 고백하고 싶지 않지만 할게요.) 실크 스타킹 한 켤레.

자, 아저씨, 제가 모든 이야기를 털어놓지 않는다는 말씀은 절대 하지 마세요!

궁금해하실까 봐 말씀드리자면, 실크 스타킹을 산 건 아주 저속한 동기 때문이에요. 줄리아 펜들턴이 기하학 공부를 하러 제 방에 오는데, 매일 밤 실크 스타킹을 신고 와서 소파에 앉아 다리를 꼬아요. 하지만 조금만 기다려보세요. 줄리아가 방학을 마치고 돌아오자마자 제가 그 애 방으로 가서 실크 스타킹을 신은 채로 소파에 앉을 테니까요. 저는 이렇게나 한심한 인간이랍니다, 아저씨. 하지만 적어도 정직해요. 제 보육원 기록을 보셨을 테니 제가 완벽하지 않다는 건 이미 아시겠죠?

요약하자면(영문학 교수님은 두 번에 한 번꼴로 문장을 이렇게 시작해요), 일곱 가지 선물을 무척 감사하게 생각해요. 캘리포니아에 있는 가족이 상자에 담아 보내준 거라고 여기고 있어요. 시계는 아버지가, 담요는 어머니가, 보온병은 제가 이런 날씨에 감기에 걸릴까 봐 늘 걱정하는 할머니가 보내주신 거죠. 노란 원고지는 동생 해리가 보낸 거고요. 이사벨 언니가 실크 스타킹을 보내줬고, 수전 이모가 매슈 아널드의 시집을 보내주셨어요. 해리 삼촌(동생 해리의 이름은 삼촌 이름을 따서 지은 거예요)이 사전을 보내주셨어요. 초콜릿을 보내려 하셨지만 제가 사전을 고집했어요.

온 가족 역할을 떠맡아야 해서 싫으신 건 아니겠죠?

자, 그럼 제가 보낸 방학 이야기를 해드릴까요? 아니면 제가 하는 공부 그 자체에만 관심이 있으신가요? '그 자체'라는 표현에 담긴 미묘한 의미 차이를 이해하시면 좋겠어요. 최근에 익힌 어휘랍니다.

텍사스에서 온 학생은 레오노라 펜턴이에요. (거의 제루샤만큼이나 웃긴 이름이죠?) 저는 그 애가 좋지만 샐리 맥브라이드만큼은 아니에요. 누군가를 샐리만큼 좋아할 수는 없을 거예요. 아저씨만 빼고요. 저는 늘 아저씨를 가장 좋아할 거예요. 온 가족을 하나로 합친 분인걸요. 레오노라와 저, 그리고 2학년 두 명은 화창한 날이면 시골길을 걸으면서 주변을 전부 탐험했어요. 짧은 치마에 니트 재킷을 입고 모자를 쓰고는 이것저것을 후려칠 때 쓸 반짝거리는 하키 스틱을 들었죠. 한번은 6킬로미터를 걸어 마을로 들어가서 여자 대학생들이 저녁을 먹으러 즐겨 찾는 식당에 들렀어요. 구운 바닷가재(35센트)에다 디저트로는 메이플 시럽을 뿌린 메밀 케이크(15센트)를 먹었죠. 영양 만점에 가격까지 저렴해요.

얼마나 즐거웠는지 몰라요! 특히 저에게는요. 보육원과는 몹시도 달랐으니까요. 캠퍼스를 벗어날 때마다 탈옥수가 된 기분이 들어요. 저도 모르게 다른 사람들에게 이런 경험은 처음이라는 말을 하려고 했어요. 비밀이 입 밖으로 나올 뻔한 순간, 아슬아슬하게 입을 다물고 다시 집어삼켰죠. 아는 걸 전부 말하지 않는 게 저에게는 무척 힘들어요. 비밀을 쉽게 털어놓는 성격이거든요. 이런저런 이야기를 할 수 있는 아저씨가 없었다면, 아마 가슴이 터져버렸을 거예요.

지난 금요일 저녁에는 당밀 사탕을 만드는 모임이 있었어요. 퍼거슨 기숙사 사감 선생님이 다른 건물에 남은 학생들까지 불러 모았죠. 1학년과 2학년, 3학년, 4학년까지 모두 스물두 명이 어울려 화기애애한 시간을 보냈어요. 넓은 부엌

돌벽에 구리 냄비와 솥이 나란히 걸려 있었는데, 그중 제일 작은 냄비도 세탁용 가마솥만 했답니다. 퍼거슨 기숙사에 사는 학생이 400명이니까요. 흰 모자와 앞치마 차림 주방장이 흰 모자와 앞치마 스물두 개를 꺼냈는데, 그 많은 걸 어디에서 가져왔는지 도무지 모르겠어요. 그렇게 우리는 모두 요리사로 변신했죠.

　사탕 맛이 훌륭하진 않았지만, 무척 재미있었어요. 드디어 사탕이 완성되고 우리 몸이며, 부엌이며, 문손잡이까지 죄다 끈적거릴 무렵, 우리는 모자와 앞치마 차림으로 줄지어 섰어요. 각자 큰 포크나 숟가락, 프라이팬을 들고 텅 빈 복도를 지나 교직원 휴게실까지 행진했는데, 그곳에서 교수님과 강사님 여섯 분이 평온한 저녁 시간을 보내고 계셨어요. 우리는 교가를 불러드리고 간식을 드렸죠. 그분들은 정중하되 미심쩍다는 태도로 받으시더군요. 끈적거리는 당밀 사탕 덩어리를 빨다 말문이 막힌 그분들을 두고 자리를 떠났어요.

　보세요, 아저씨, 제 교육에 진전이 보인다니까요!

정말이지 제가 작가가 아니라 화가가 되어야 한다고 생각하지 않으세요?

이틀 뒤면 방학이 끝나고, 고맙게도 친구들을 다시 만날 수 있겠죠. 기숙사가 약간 쓸쓸해요. 400명이 지내도록 지은 건물을 아홉 명이 차지하고 있으니 정말 휑뎅그렁해요.

편지가 열한 장이네요. 불쌍한 아저씨, 얼마나 피곤하실까! 원래는 짧은 감사 편지만 쓰려고 했는데, 쓰기 시작하니 펜이 기다렸다는 듯이 움직입니다.

안녕히 계세요. 그리고 저를 생각해주셔서 감사해요. 지평선에 떠오른 작고 위협적인 구름 한 조각만 아니라면 완벽하게 행복할 거예요. 2월에 시험이 있거든요.

사랑을 담아

주디 올림

• 추신 •

사랑을 보내는 게 적절하지 않은 행동일까요? 그렇다면 부디 용서하세요. 하지만 전 누군가를 사랑해야 하는데, 선택할 대상이 아저씨와 리펫 원장님뿐이에요. 그러니까, 어쩔 수 없더라도 참아주세요, 아저씨. 리펫 원장님을 사랑할 수는 없잖아요.

시험 전날

키다리 아저씨께

　이 대학에서 어떻게 공부를 하는지 보셔야 하는데! 우리는 방학이 있었다는 걸 까맣게 잊어버렸어요. 지난 나흘 동안 불규칙동사 쉰일곱 개를 머릿속에 집어넣었거든요. 시험이 끝난 뒤에도 그대로 남아 있길 바랄 뿐이에요.

　어떤 학생들은 시험을 통과하면 교과서를 팔지만, 저는 보관할 생각이에요. 대학을 졸업한 뒤에 책장에 제가 배운 내용 전체를 죽 꽂아둘 텐데, 그러면 구체적인 내용이 필요할 때 조금도 망설이지 않고 그 책장으로 가면 되죠. 머릿속에 기억해두려고 애쓰는 것보다 훨씬 쉽고 훨씬 정확해요.

　줄리아 펜들턴이 오늘 저녁에 안부 인사 겸 제 방에 들른다더니, 꼬박 한 시간을 머물렀어요. 가족 이야기를 꺼내는데, 도무지 말릴 수가 없었어요. 줄리아는 제 엄마의 결혼 전 성이 뭔지 알고 싶어했어요. 보육원 출신에게 그런 무례한 질문을 던지는 경우도 있나요? 모른다고 대답할 용기가 없어서, 비참하지만 그냥 가장 먼저 떠오르는 이름을 선택했는데 그게 몽고메리였어요. 그러자 이번에는 매사추세츠주의 몽고메리 가문 혈통인지 버지니아주의 몽고메리 가문 혈통인지 알고 싶다는 거예요.

줄리아의 어머니는 러더퍼드 가문 출신이래요. 노아의 방주를 타고 온 가문인데, 헨리 8세와 혼인한 친척이 있대요. 아버지 쪽은 아담 이전으로 거슬러 올라가고요. 가계도의 맨 꼭대기에는 아주 곱고 부드러우며 털과 특별히 꼬리가 긴, 우월한 원숭이 종족이 있다나요.

오늘 밤에는 멋지고 기분 좋고 즐거운 편지를 쓸 생각이었는데, 너무 졸려요. 두렵기도 하고요. 1학년의 운명은 행복한 게 아니에요.

시험을 앞둔 아저씨의 벗

주디 애벗 올림

일요일

키다리 아저씨께

아저씨에게 전할 아주, 아주, 아주 끔찍한 소식이 몇 가지 있는데, 그 소식으로 시작하진 않겠어요. 우선 아저씨 기분을 좋게 해드릴 생각이에요.

제루샤 애벗이 작가의 길에 들어섰어요. 「기숙사 내 방에서」라는 시가 대학 잡지 《월간》 2월 호에 실린답니다. 그것도 1면인데, 1학년에게는 아주 큰 영광이에요. 어젯밤 예배가 끝나고 나오는 길에 영문학 교수님이 저를 붙잡더니, 6행에 음보가 너무 많은 것을 제외하고는 매력적인 작품이라고 말씀하셨어요. 아저씨가 읽고 싶어하실지 모르니 한 부 보내드릴게요.

유쾌한 이야기가 또 있나 생각해볼게요. 아, 맞다! 스케이트를 배우고 있는데, 혼자서 꽤 훌륭하게 얼음을 지칠 수 있답니다. 또 체육관 지붕에서 밧줄을 타고 내려오는 법도 익혔어요. 높이뛰기는 1미터 5센티미터까지 가능하고요. 머지않아 1미터 20센티미터를 넘을 수 있으면 좋겠어요.

오늘 아침에 앨라배마에서 오신 주교님이 아주 감동적인 설교를 해주셨어요. 주교님의 설교 본문은 "비판받지 않으려거든 남을 비판하지 말라"였어요. 다른 사람들의 실수를 눈감아주고, 가혹한 비판으로 다른 사람들을 낙담시키지 말아야 한다는 내용이었죠. 아저씨도 들으셨으면 좋았을 텐데.

지금은 그야말로 화창하고 눈이 부신 겨울 오후예요. 전나무에 달린 고드름은 물방울을 뚝뚝 떨어뜨리고, 온 세상이 무거운 눈에 뒤덮여 몸을 굽혔어요. 저만 빼고요. 저는 슬픔의 무게에 짓눌려 몸을 숙이고 있죠.

이제 그 소식을 말할 차례네요. 용기 내, 주디! 말해야만 해.

지금 틀림없이 기분이 좋으시죠? 저 수학과 라틴어 산문에서 낙제했어요. 따로 공부를 하는 중인데 다음 달에 재시험을 볼 거예요. 실망하셨다면 죄송해요. 하지만 그게 아니라면, 저는 아무렇지도 않아요. 교과 목록에 언급되지 않은 수많은 것을 배웠으니까요. 소설 열일곱 권과 많은 시를 읽었어요. 『허영의 시장』, 『리처드 페버럴의 시련』, 『이상한 나라의 앨리스』처럼 꼭 읽어야 하는 소설들이죠. 또 랠프 월도 에머슨의 『수필집』과 존 깁슨 록하트의 『월터 스콧 경의

이 달의 소식

주디
스케이트를 배우다

장대높이뛰기를
하다

다리 그리기는
너무 어려워

밧줄을 타고
내려오다

두 과목에서 낙제하다

폭포수 같은 눈물

하지만 열심히
공부하기로 약속하다

생애』와 에드워드 기번의 『로마 제국 쇠망사』 제1권, 벤베누토 첼리니의 자서전 절반을 읽었어요. 첼리니라는 사람, 참 재미있지 않나요? 아침 식사 전에 느긋하게 산책을 나갔다가 태연하게 사람을 죽였대요.

보시다시피 아저씨, 저는 라틴어에만 매달렸을 때보다 훨씬 지적인 사람이 되었어요. 다시는 낙제하지 않겠다고 약속드릴 테니, 이번 한 번만 용서해주시겠어요?

뼈아픈 후회에 잠긴

주디 올림

키다리 아저씨께

오늘 밤에는 꽤나 쓸쓸해서, 아직 중순이지만 특별히 편지를 띄웁니다. 폭풍이 무섭도록 휘몰아치네요. 캠퍼스의 불은 모두 꺼졌지만, 저는 블랙커피를 마신 탓에 잠이 오질 않아요.

오늘 저녁에는 샐리와 줄리아, 레오노라 펜턴을 불러 모아 파티를 열었어요. 정어리와 구운 머핀, 샐러드, 퍼지(설탕, 우유, 버터로 만든 부드러운 사탕–옮긴이), 커피를 내놨죠. 줄리아는 즐거운 시간이었다고 말했지만, 남아서 설거지를 도와준 사람은 샐리였어요.

　　오늘 밤을 라틴어 공부를 하며 보내면 아주 유익할 텐데, 라틴어에는 도무지 의욕이 생기질 않아요. 리비우스(고대 로마의 역사가 티투스 리비우스의 『로마사』는 방대한 내용뿐만 아니라 유려한 라틴어 산문으로도 유명하다 – 옮긴이)와 『데 세넥투테(노년에 대하여)』는 이미 배웠고, 이제는 『데 아미시티아(우정에 대하여)』를 배우고 있어요(자꾸 '데 미친 티아'로 발음이 돼요). (고대 로마의 정치가 겸 저술가이자 리비우스의 스승인 마르쿠스 툴리우스 키케로가 쓴 이 두 저작은 오늘날까지도 해당 주제를 훌륭하게 다룬 철학서로 손꼽힌다 – 옮긴이)

　　잠시만 제 할머니인 척해주실래요? 샐리에게는 할머니가 한 분 계시고 줄리아와 레오노라는 각각 두 분씩 계신다는데 오늘 밤에 다들 서로 질세라 할머니 이야기를 하더라고요. 저에게도 할머니가 계시면 좋았을 거라는 생각밖에 들지 않아요. 정말 훌륭한 관계잖아요. 그러니 반대하지만 않으신다면…… 어제 마을에 갔다가 손뜨개질로 떠서 연보라색 리본으로 장식한 아주 예쁜 레이스 모자를 보았는데요. 그걸 아저씨의 여든세 번째 생신 때 선물로 드릴 생각이에요.

　　!!!!!!!!!!!!

　　열두 시를 알리는 예배당 시계 소리였어요. 드디어 잠이 오는 느낌이에요.

안녕히 주무세요, 할머니.
할머니를 몹시 사랑해요.
주디 올림

3월 15일

키다리 아저씨께

저는 지금 라틴어 산문 작문법을 공부하고 있어요. 지금까지 쭉 공부했고 앞으로도 공부할 거예요. 재시험은 다음 화요일 7교시에 있는데, 통과하지 못하면 가슴이 터져버릴지 몰라요. 그러니 다음 편지에서는 제가 이 상황에서 벗어나 온전히 행복한 상태인지, 조각조각 부서졌는지에 대한 소식을 들으실 수 있을 거예요.

시험이 끝나면 알찬 편지를 쓸게요. 오늘 밤에는 탈격독립어구와 싸움을 벌여야 해요.

다급한 기색이 역력한
주디 애벗 올림

키다리 스미스 씨께

　　이사님, 이사님은 제 질문에 절대 대답하지 않으시는군요. 제가 무엇을 하건 눈곱만큼도 관심을 보이지 않으시고요. 그 끔찍한 후원회 이사들 중에서 가장 끔찍한 사람이 바로 이사님일 거예요. 저를 교육시키는 건 저에게 조금이라도 애정이 있어서가 아니라 의무감 때문이겠죠.

　　이사님에 대해서는 아는 게 하나도 없어요. 이름조차 모르는걸요. 무감각한 대상에게 편지를 쓰자니 몹시 따분하네요. 분명 제 편지들을 읽지도 않고 휴지통에 버리실 테죠. 앞으로는 공부에 대한 내용만 쓰겠습니다.

　　지난주에 라틴어와 기하학 재시험을 치렀습니다. 둘 다 통과했고, 이제 추가 시험은 없습니다.

그럼 이만

제루샤 애벗 올림

키다리 아저씨께

저는 아주 못됐어요.

지난주에 보낸 끔찍한 편지는 부디 잊어주세요. 그 편지를 쓰던 날 밤에, 지독히도 외롭고 비참한 기분이었고 목이 따끔거렸어요. 몰랐는데, 편도선염과 독감에다 갖가지 병이 겹쳐 증상이 나타나는 중이었더라고요. 지금은 학교 부속병원인데, 여기 온 지 엿새째예요. 오늘 처음으로 일어나서 펜과 종이를 만져도 좋다는 허락을 받았어요. 수간호사가 굉장히 권위적이에요. 하지만 내내 그 편지 생각만 했고, 아저씨가 용서해주시기 전까지는 회복되지 않을 거예요.

여기 제 모습을 그린 그림이 있는데, 머리를 감은 붕대 매듭이 토끼 귀 모양이에요.

가엾다는 생각이 저절로 들지 않으세요? 허밀샘도 부은

상태예요. 1년 내내 생리학을 공부했는데, 혀밑샘은 들어본 적도 없어요. 교육이란 얼마나 쓸모없는 것인지!

　　더는 못 쓰겠어요. 너무 오래 앉아 있으면 몸이 많이 떨리거든요. 제발 제 무례하고 배은망덕한 행동을 용서해주세요. 교육을 제대로 받지 못해서 그래요.

사랑을 담아
주디 애벗 올림

병원에서
4월 4일

사랑하는 키다리 아저씨께

　　어제 저녁 어둠이 내릴 무렵에, 침대에 앉아 창밖으로 내리는 비를 바라보며 큰 병원에서 보내는 생활이 얼마나 지루한지를 체감하고 있었어요. 그때 간호사가 제 앞으로 왔다며 길쭉한 흰색 상자를 들고 나타났는데, 상자 속에 너무나 아름다운 분홍색 장미 봉오리가 가득하더군요. 하지만 더 멋진 건, 그 속에 뒷부분이 살짝 올라가는 재미난 필체(그러나 굉장히 개성 있는 필체)로 아주 정중한 내용을 적은 카드가 들어 있었다는 거예요. 감사합니다, 아저씨. 정말정말 감사드려요. 보내주신 꽃은 제가 난생처음 받아보는 진짜 선물이에요. 제가 얼마나 어린애 같은지 궁금해하실까 봐 말씀드리는데, 저는 너무 기쁜 나머지 엎드려서 울고 말았답니다.

아저씨가 제 편지를 읽으신다는 사실을 확실히 알았으니까, 이제는 훨씬 흥미진진하게 쓸게요. 붉은 띠를 둘러 금고에 보관할 가치가 있을 정도로 말이에요. 다만 그 끔찍한 편지는 제발 꺼내서 불태워주세요. 아저씨가 그걸 읽으신다는 생각은 하기도 싫어요.

많이 아프고, 화가 났고, 비참했던 1학년 학생을 명랑하게 만들어주셔서 감사합니다. 아마 아저씨에게는 사랑하는 가족과 친구들이 많이 있을 테니, 혼자라는 게 어떤 기분인지 모르실 거예요. 하지만 저는 아주 잘 알아요.

안녕히 계세요. 다시는 끔찍한 행동을 하지 않겠다고 약속드려요. 이제는 아저씨가 정말 존재한다는 사실을 알게 되었으니까요. 그리고 앞으로는 질문을 던져서 아저씨를 괴롭히지 않겠다고 약속합니다. 아직도 여자아이를 싫어하시나요?

아저씨의 영원한 벗
주디 올림

월요일, 8교시

키다리 아저씨께

　설마 두꺼비를 깔고 앉은 이사님이 아저씨는 아니겠죠? 제가 듣기로는 뻥 하고 터졌다고 하니 아마 더 뚱뚱한 이사님이었을 거예요.

　존 그리어 보육원 세탁실 창문 옆에, 창살이 달린 움푹 팬 공간이 여럿 있는 거 기억하세요? 봄마다 두꺼비가 나타나는 시기가 되면, 우리는 두꺼비를 채집해서 그 창문 구멍에 보관했어요. 가끔 두꺼비들이 차고 넘쳐 빨랫감 속으로 떨어졌는데 덕분에 빨래하는 날이면 아주 유쾌한 소동이 벌어졌죠. 이런 일로 심한 벌을 받았지만, 어떤 방해가 있더라도 우리는 두꺼비를 모았어요.

　그러던 어느 날이었어요. 음, 지루하실 테니 자세한 이야기는 생략할게요. 어찌된 일인지 굉장히 뚱뚱하고 커다랗고 축축한 두꺼비 한 마리가 후원회 임원실에 있는 큰 가죽 안락의자에 올라갔어요. 그리고 그날 오후 이사회 회의 시간에…… 하지만 아저씨도 거기 계셨을 테니 나머지는 기억하시겠죠?

　시간이 꽤 흐르고 나서 냉정하게 되돌아보니, 벌을 받은 건 당연한 일이었고, 제 기억이 맞다면 적절한 벌을 받았어요.

왜 이런 회상에 잠기는지 모르겠지만, 봄이 오고 두꺼비들이 다시 나타나면 늘 예전의 채집 본능이 되살아나요. 제가 두꺼비를 잡아 모으지 않는 유일한 이유는 그걸 금지하는 규칙이 없기 때문이죠.

목요일, 예배 후

제가 좋아하는 책이 뭔지 아세요? 그러니까 지금 좋아하는 책 말이에요. 사흘마다 바뀌거든요. 지금은 『폭풍의 언덕』이에요. 에밀리 브론테는 꽤 젊은 나이에 그 책을 썼는데, 그때까지 하워스 교회 경내를 벗어난 적이 없대요. 평생 알고 지낸 남자도 없고요. 그런데 히스클리프 같은 남자를 어떻게 상상해냈을까요?

저라면 못 했을 거예요. 저도 꽤 어린 나이고 존 그리어 보육원을 벗어난 적이 없죠. 그러니 가능성은 충분했어요. 가끔은 저에게 특별한 재능이 없다는 무시무시한 두려움이 밀려와요. 제가 위대한 작가가 되지 못하면, 엄청 실망하실 건가요, 아저씨? 봄이 되어 사방이 몹시 아름다워지고 푸르게 싹이 터오면, 수업 따위 무시하고 달려나가 아름다운 날씨를 만끽하고 싶어진답니다. 들판으로 나가면 수많은 모험을 할 수 있잖아요! 책을 쓰는 것보다 책처럼 사는 게 훨씬 재미있죠.

으악!!!!!!

이건 제 비명이에요. 덕분에 샐리와 줄리아가 달려왔고 (역겨운 순간이 지나) 복도 건너편에서 4학년 선배도 달려왔어요. 이렇게 생긴 지네 때문이었어요.

실제로는 더 끔찍해요. 아까 그 문장을 다 쓰고 다음으로 무슨 이야기를 할지 생각하는데, 툭! 하고 천장에서 제 옆으로 떨어졌어요. 피하려다 탁자에 있던 컵 두 개를 넘어뜨리고 말았어요. 샐리가 제 머리빗 등으로 지네를 후려쳤어요. 앞으로 그 빗은 절대 쓰지 못할 거예요. 지네 앞쪽은 죽었는데, 뒷다리 쉰 개가 서랍장 밑으로 달려가 목숨을 구하더군요.

이 기숙사는 오래되었고 벽이 담쟁이로 뒤덮여서, 지네가 득시글거려요. 끔찍한 생물이죠. 차라리 침대 밑에서 호랑이를 발견하는 편이 나아요.

문제투성이 하루였어요! 아침에 기상 종소리를 듣지 못했고,
서둘러 옷을 입다가 구두끈을 끊어버렸고, 옷깃 단추를 옷
속으로 떨어뜨렸어요. 아침 식사에 늦었고, 1교시 수업에도
지각했죠. 잉크를 닦아낼 압지를 깜빡 놓고 왔는데, 만년필
에서 잉크가 새더군요. 삼각법 수업 때 교수님과 사소한 로
그 문제 때문에 논쟁을 벌였어요. 자세히 찾아보니, 교수님
말씀이 옳더라고요. 점심으로 양고기 스튜와 식용 대황이 나
왔는데, 둘 다 제가 싫어하는 음식이에요. 보육원에서 먹던
것과 같은 맛이 나니까요. 우편함에는 청구서뿐이었어요. 물
론 다른 우편물을 받은 적은 없지만요. 가족들이 편지를 즐
겨 쓰질 않아서 말이에요. 오후 영문학 시간에는 뜻밖에도
글쓰기 수업을 했어요. 작품은 이거였죠.

> 나는 다른 어떤 것도 요구하지 않았고
> 다른 어떤 것도 거부했다.
> 그 대가로 존재를 내놓겠다 말하였다.
> 위대한 상인이 웃음을 지었다.
>
> 브라질이라? 그는 단추 하나를 만지작거렸다.

내게 눈길도 주지 않고서.

하지만 부인, 오늘 저희가 보여드릴

다른 물건은 또 없을까요?

(에밀리 디킨슨의 시 「1부: 인생」 중 일부 – 옮긴이)

이게 시예요. 누가 썼는지, 무슨 뜻인지는 몰라요. 그저 교실에 들어갔더니 칠판에 저 시가 적혀 있었고 교수님이 우리에게 논평을 써보라고 하셨어요. 첫째 연을 읽었을 때는 알 것 같았어요. 위대한 상인은 선행에 대한 대가로 축복을 나눠주는 신이죠. 하지만 둘째 연에 이르러 단추를 만지작거린다는 부분을 보자 신성모독적인 추측 같아서 얼른 생각을 바꿨어요. 다른 학생들도 모두 비슷한 곤경에 빠졌고, 우리는 45분 동안 텅 빈 머리로 텅 빈 종이를 앞에 두고 앉아 있었죠. 교육을 받는다는 건 몹시도 고달픈 과정이에요!

하지만 오늘은 이걸로 끝나지 않았어요. 더 끔찍한 일이 기다리고 있었어요.

비가 와서 골프를 칠 수 없었기에, 우리는 대신 체육관으로 가야 했어요. 저는 옆에 있던 아이가 휘두른 곤봉에 팔꿈치를 맞았어요. 기숙사로 돌아오니 새로 산 파란색 봄 드레스가 상자에 담겨 도착했는데, 치마가 너무 꽉 끼어서 앉을 수가 없었어요. 금요일은 청소하는 날인데, 기숙사 청소 담당자가 제 책상에 있던 종이를 죄다 뒤섞어놓았지 뭐예요. 디저트(우유와 바닐라 맛 젤리)는 죽음의 맛이었어요. 여자다운 여자에 대한 설교를 듣느라 예배당에 평소보다 20분은 더 붙잡혀 있었어요. 그런 다음 드디어 안도의 한숨을 내쉬며 편히 앉아 『여인의 초상』(19세기 후반을 대표하는 미국 소설가 헨리 제임스가 1881년에 출간한 장편소설. 독립적인 삶을 꿈꾸는 여성 이사벨 아처의 삶과 내면을 섬세하고 사실적으로 그려냈다 –옮긴이)을 읽으려는데, 표정이 없고 언제나 지독히도 아둔한 아이가 찾아왔어요. 이름이 'A'로 시작하는 탓에 라틴어 시간에 제 옆에 앉는 애컬리라는 아이인데(리펫 원장님이 제 이름을 'Z'로 시작하는 '자브리스키'라고 지었다면 좋았을 거예요) 월요일 수업이 69문단부터 시작인지 70문단부터 시작인지 물어보면서, 무려 한 시간이나 뭉그적거렸어요. 좀 전에 갔답니다.

이런 맥 빠지는 일들이 연달아 일어나는 경우도 있나요? 살면서 인격이 필요한 때는 큰 어려움을 겪을 때가 아니에요. 위기에 대처하고 치명적인 비극에 용감하게 맞서는 건 누구나 할 수 있지만, 일상에서 사소한 위기를 만날 때 웃어넘기려면, 그때야말로 기백이 필요하다고 생각해요.

제가 함양하려고 하는 게 바로 그런 인격이에요. 인생이란 가능한 한 능숙하고 공정하게 참여해야 하는 게임에 불과하다고 생각하려고 해요. 지더라도 어깨를 으쓱하고 웃어넘길 거예요. 이겨도 마찬가지고요.

　어쨌든 저는 유쾌한 사람이 될 거예요. 사랑하는 아저씨, 줄리아가 실크 스타킹을 신었다거나 벽에서 지네가 떨어졌다면서, 제가 불평하는 소리를 다시는 들으실 일이 없을 거예요.

아저씨의 친구

주디 올림

　빠른 답장 부탁드려요.

5월 27일

키다리 아저씨 귀하

　친애하는 이사님. 리펫 원장님에게서 편지를 받았습니다. 제가 행실도 올바르고 공부도 잘하고 있기를 바란다고 하시네요. 이번 여름 방학 때 갈 곳이 없을 테니, 보육원으로 돌아오면 숙박비 대신 그곳에서 일을 하게 해주신다는군요.

　저는 존 그리어 보육원이 정말 싫습니다.

　돌아가느니 차라리 죽는 게 나아요.

아저씨의 진실한 벗

제루샤 애벗 올림

Cher Jambes-Longes 아저씨께(친애하는 키다리 아저씨께)

Vous etes un 믿음직한 분(아저씨는 믿음직한 분이에요)!

Je suis tres heureus 농장(농장 덕분에 무척 행복해요). Parceque je n'ai jamais 농장에 dans ma vie(농장에 평생 한 번도 가보지 않았거든요). 그리고 retourner chez 존 그리어(존 그리어 보육원에 돌아가서) tout l'été(여름 내내) 설거지를 하긴 싫어요. Quelque chose affreuse(뭔가 끔찍한 일이) 일어날 수도 있어요. Parceque j'ai perdue ma humilité d'autre fois(저는 옛날의 겸손함을 잃어버렸거든요). Quelque jour(어느 날) 폭발해 버릴까 봐 et(그리고) dans la maison(그 집에 있는) 컵과 접시를 모두 깨뜨려버릴까 봐 j'ai peur(걱정스러워요).

Pardon brièvté et 이런 종이(이런 종이에 짧게 써서 죄송해요). Je ne peux pas 전할 des mes nouvelles(제 소식을 전할 수가 없어요). Parceque je suis dans 프랑스어 수업(프랑스어 수업 중이고), j'ai peur que Monsieur le Professeur 저를 부르실까 봐 tout de suite(교수님이 당장이라도 저를 부르실까 봐 걱정돼요).

정말 부르셨어요!

Au revoir(안녕히 계세요).

Je vous aime beaucoup(아저씨를 무척 사랑해요).

주디 올림

(괄호 안의 내용은 주디가 섞어 쓴 불완전한 불어를 해석한 내용 – 옮긴이)

5월 30일

키다리 아저씨께

우리 대학 캠퍼스를 보신 적이 있나요? (그냥 하는 이야기니까 언짢게 여기지 마세요.) 5월이면 천국이나 다름없어요. 관목은 모두 꽃을 활짝 피우고, 나무들은 아름다운 신록을 뽐내지요. 늙은 소나무마저도 생생하고 새로워 보여요. 노란 민들레와 파란색, 흰색, 분홍색 드레스를 입은 수많은 여학생들이 잔디밭 여기저기를 수놓는답니다. 다가오는 방학 덕분에 모두가 근심 걱정 없이 즐거워하고, 방학에 대한 기대감 덕분에 시험을 생각할 겨를도 없어요.

행복한 기분이란 이런 게 아닐까요? 그리고 오, 아저씨! 그중 가장 행복한 사람이 바로 저예요. 이제는 보육원에 있는 게 아니니까요. 누군가의 보모도, 타자수도, 경리도 아니니까요(물론 아저씨가 아니었다면 그런 사람이 되었을 거예요).

그동안 저지른 모든 잘못을 이제는 후회해요.

리펫 원장님께 저지른 무례를 후회해요.

프레디 퍼킨스를 때린 걸 후회해요.

설탕 통에 소금을 채워둔 일을 후회해요.

후원회 이사님들의 등 뒤에서 얼굴을 찡그렸던 것을 후회해요.

이토록 행복하니, 앞으로는 모든 사람을 착하고 다정하고 친절하게 대할 거예요. 또 이번 여름에는 글을 쓰고, 쓰고, 또 써서, 훌륭한 작가로서 첫발을 내디딜 거예요. 훌륭한 태도 아닌가요? 아, 저는 아름다운 인격을 함양하는 중이에요. 추위와 서리에 조금 의기소침해지긴 하지만, 햇빛이 빛나면 쑥쑥 자란답니다.

다들 마찬가지일 거예요. 저는 역경과 슬픔, 상심이 도덕적 능력을 키워준다는 이론에 동의하지 않아요. 행복한 사람들이야말로 온정으로 가득한걸요. 저는 염세주의(멋진 단어예요! 얼마 전에 배웠어요)를 믿지 않아요. 아저씨도 염세주의자는 아니겠죠?

처음에 캠퍼스에 대해 말씀드렸잖아요. 아저씨가 잠깐 방문하시고 제가 여기저기 안내해드리며 이렇게 말씀드릴 수 있으면 좋을 텐데요.

"저긴 도서관이에요. 여긴 가스실이랍니다, 아저씨. 왼

쪽으로 보이는 고딕풍 건물은 체육관이고, 옆에 있는 튜더 로마네스크 양식 건물은 새로 지은 병원 시설입니다."

아, 저는 안내를 잘한답니다. 평생 보육원에서 하던 일이고 여기에서도 온종일 안내를 했어요. 정말이에요.

그것도 남자를요!

멋진 경험이었어요. 여태껏 남자와 이야기를 나눈 적이 없어요(후원회 이사님들과 가끔 대화를 했지만, 그건 예외고요). 죄송해요, 아저씨. 이사님들을 모욕해서 아저씨 기분을 상하게 할 생각은 없어요. 아저씨를 그분들 중 하나라고 생각하진 않아요. 그냥 우연히 이사회에 들어가신 거죠. 후원회 이사들은 그림처럼 뚱뚱하고, 거만한 태도로 자비를 베풀어요. 금시계 줄을 늘어뜨린 채 고아의 머리를 쓰다듬죠.

그림이 풍뎅이처럼 보이지만, 아저씨를 제외한 이사님들을 묘사한 거예요.

어쨌든, 다시 본론으로 돌아갈게요.

저는 어떤 남자분과 걸어 다니면서 대화를 나누고 차를 마셨어요. 그것도 아주 훌륭한 분과 말이에요. 줄리아네 집안의 저비스 펜들턴 씨예요. 짧게 말하자면 줄리아의 삼촌이죠('길게 말하자면'이라고 해야 할 것 같아요. 그분도 아저씨만큼이나 키가 크거든요). 용무가 있어 마을에 왔다가, 우리 대학에 들러 조카를 만나야겠다고 생각하셨대요. 줄리아 아버지의 막냇동생이지만, 줄리아는 그분과 그다지 친하지 않아요. 아마 줄리아가 아기였을 때 흘끗 보고는 마음에 들지 않는다고 결론을 내리고, 그 뒤로 전혀 눈길도 주지 않았을 거예요.

어쨌거나 그분은 모자와 지팡이와 장갑을 옆에 두고 매우 점잖게 접견실에 앉아 있었어요. 줄리아와 샐리는 빠질 수 없는 7교시 수업이었죠. 그래서 줄리아가 제 방으로 달려와, 삼촌에게 캠퍼스를 안내해주고 다음에 7교시가 끝나면 자기에게 데리고 와달라고 간곡히 부탁하는 거예요. 저는 친절하지만 냉담한 태도로 알겠다고 말했는데, 펜들턴 가문을 그다지 좋아하지 않기 때문이에요.

하지만 알고 보니 그분은 다정하고 온순하셨어요. 매우 인간적인 모습이 전혀 펜들턴 가문 사람 같지 않았죠. 우리는 아주 즐거운 시간을 보냈어요. 그 뒤로 저에게도 삼촌이 있으면 좋겠다는 생각이 들어요. 아저씨가 제 삼촌인 척해주시겠어요? 분명 할머니보다는 나을 거예요.

펜들턴 씨를 보니, 아저씨의 20년 전 모습이 조금 떠올랐어요. 아저씨와 만난 적은 없지만, 저는 아저씨를 이렇게 잘 안다니까요!

그분은 키가 크고, 호리호리하고, 가무잡잡한 얼굴에 주름이 많아요. 절대 뚜렷이 드러나지 않고 입꼬리에 주름만 잡히는, 재미있고도 은근한 웃음을 지어요. 또 순식간에 오래 알고 지낸 사이 같은 느낌을 주는 능력이 있답니다. 굉장히 서글서글한 분이에요.

우리는 안뜰부터 운동장까지 캠퍼스 전체를 돌아다녔어요. 그러다 그분이 지쳤다면서 차를 마셔야겠다고 하는 거예요. '대학 찻집'으로 가자면서 말이에요. 그 찻집은 캠퍼스 바로 앞, 소나무 길에 있어요. 저는 줄리아와 샐리가 있는 곳으로 돌아가야 한다고 말했지만, 그분은 조카들이 차를 너무 많이 마시는 걸 좋지 않게 여긴다고 말했어요. 신경을 예민하게 만든다나요. 그래서 우리는 그냥 학교 밖으로 나가서, 발코니에 있는 작고 멋진 테이블에서 차를 마시고 머핀과 마멀레이드, 아이스크림, 케이크를 먹었어요. 다들 용돈이 떨어져가는 월말이었기 때문에, 마침 찻집에 사람들도 없었어요.

정말 즐거운 시간을 보냈답니다! 하지만 학교로 돌아가자마자, 그분은 기차 시각 때문에 가까스로 줄리아의 얼굴만 보고 떠나셨어요. 줄리아는 삼촌을 학교 밖으로 데리고 나갔다며 저에게 몹시 화를 냈어요. 굉장히 부유하고 멋진 삼촌인가 봐요. 그분이 부자라는 걸 알게 되어 마음이 놓였어요. 차와 간식 값으로 각자 60센트씩 들었거든요.

오늘 아침(지금은 월요일이에요) 줄리아와 샐리와 저에게 속달로 초콜릿 상자가 배달되었어요. 어떻게 생각하세요? 남자에게 초콜릿을 받다니!

이제는 제가 고아가 아니라 여자라는 기분이 들어요.

언젠가 아저씨가 오셔서 함께 차를 마시고, 아저씨가 제 마음에 드는지 알아볼 기회를 주시면 좋겠어요. 마음에 들지 않으면 끔찍하겠죠? 하지만 분명 마음에 들 거예요.

안녕히 계세요! 아저씨께 경의를 표합니다.

Jamais je ne t'oublierai (아저씨를 결코 잊지 않을 거예요).

주디 올림

• 추신 •

오늘 아침에 거울을 봤는데, 전에 못 보던 완전히 새로운 보조개가 생겼지 뭐예요. 정말 신기해요. 보조개가 어떻게 생긴 걸까요?

키다리 아저씨께

행복한 날이에요! 마지막 시험이 이제 막 끝났거든요. 생리학이었어요. 그리고 이제부터는 농장에서 석 달 동안 지내면 돼요!

농장이 어떤 곳인지는 모른답니다. 여태껏 농장에 가본 적이 없으니까요. (자동차 창밖으로 본 것 말고는) 농장을 본 적도 없어요. 하지만 분명 농장을 무척 좋아하게 될 거예요. 자유로운 생활을 무척 좋아하게 되겠죠.

존 그리어 보육원 밖에서 지낸다는 게 아직도 낯설어요. 이런 생활 때문에 마음이 들뜰 때마다, 찌릿찌릿한 느낌이 등줄기를 오르내려요. 리펫 원장님이 팔을 뻗은 채 저를 붙잡으려고, 등뒤에서 따라오진 않는지 확인하려고 계속 뒤돌아보며, 빨리, 더 빨리 달려야 할 것 같은 기분이 들어요.

이번 여름에는 그 누구도 신경 쓸 필요가 없겠죠?

아저씨가 명목상 내세우시는 권위는 조금도 귀찮지 않아요. 아저씨는 너무 멀리 계시니, 해를 끼칠 수 없잖아요. 리펫 원장님은 저에게 영원히 없는 사람이나 마찬가지고, 셈플 부부가 제 품행이 단정한지 어떤지 감시할 리는 없잖아요? 분명 그럴 거예요. 저는 이제 온전한 성인이니까요. 만세!

이제 짐을 싸러 가야 해요. 찻주전자와 접시, 소파 쿠션, 책까지 세 상자나 돼요.

아저씨의 벗
주디 올림

• 추신 •

생리학 시험 문제를 동봉합니다. 아저씨라면 통과하셨을 거라고 생각하세요?

록 윌로 농장에서
토요일 밤

사랑하는 키다리 아저씨께

이제 막 도착해서 짐도 풀지 않았지만, 이 농장이 얼마나 마음에 드는지 말씀드리고 싶어서 견딜 수가 없어요. 여긴 정말, 정말, 정말 천국 같은 곳이에요! 건물은 이렇게 사각형이에요.

그리고 아주 오래되었죠. 백 년쯤 되었을 거예요. 그림에서는 보이지 않는 건물 베란다가 있고 앞쪽에 아담한 현관

이 있어요. 정말이지 그림으로 표현이 안 되네요. 먼지떨이 처럼 보이는 건 단풍나무들이고, 길가에 있는 뾰족뾰족한 것 들은 나뭇잎 사각거리는 소리를 내는 소나무와 솔송나무예 요. 언덕 꼭대기에 자리 잡고 있어서, 다른 능선까지 몇 킬로 미터나 펼쳐지는 푸른 풀밭이 파도 모양으로 보여요.

코네티컷주의 땅은 이렇게 웨이브 진 머리칼처럼 구불 구불하게 이어져요. 록 윌로 농장은 그중 어느 파도 꼭대기 에 있어요. 예전에는 길 건너에 헛간이 있어서 전망을 가로 막았는데, 친절한 번개가 하늘에서 내려와 헛간을 태워버렸 다는군요.

농장 사람들로는 셈플 씨 부부와 여자 일꾼 하나, 남자 일꾼 둘이 있어요. 고용인들은 주방에서 식사를 하고, 셈플 씨 부부와 주디는 식당에서 식사를 해요. 저녁 식사로 햄과

달걀과 비스킷, 꿀, 젤리 케이크, 파이, 피클, 치즈, 차를 먹고
마셨어요. 굉장히 많은 대화도 나눴죠. 여태껏 사람들이 저
로 인해 그렇게 유쾌한 반응을 보인 건 처음이에요. 뭐라고
말만 하면 재미있어하는 것 같아요. 아마 제가 시골에 처음
왔고, 그래서 백지 상태로 질문을 하기 때문인가 봐요.

✕ 표시를 한 방은, 살인이 일어났던 방이 아니라 제가
묵는 방이에요. 크고 네모나고 한적한 방인데, 사랑스러운
고가구와 막대로 괴어두는 창문과 만지면 스르르 내려오는,
금색 장식이 달린 녹색 차양이 있어요. 그리고 크고 네모난
마호가니 탁자가 있어요. 이번 여름은 그 탁자에 팔꿈치를
대고 소설을 쓰며 보낼 거예요.

오, 아저씨, 정말 신나요! 날이 밝아 탐험을 시작하기만
을 기다리고 있어요. 지금은 여덟 시 삼십 분이고 저는 이제
촛불을 끄고 잠자리에 들 거예요. 여기에서는 다섯 시에 일
어나요. 이렇게 재미있는 경험을 해보신 적 있나요? 이게 진
짜라는 걸 믿을 수 없어요. 아저씨와 하느님이 저에게 분에
넘치도록 호의를 베풀어주시네요. 저는 아주, 아주, 아주 훌
륭한 사람이 되어 은혜를 갚을게요. 그렇게 될 거예요. 두고
보세요.

안녕히 주무세요.

주디 올림

• 추신 •

개구리가 노래하고 작은 돼지들이 꽥꽥거리는 소리를 아저
씨도 들으셔야 하는데! 초승달을 보셔야 하는데! 제 오른
쪽 어깨 너머로 달이 보였답니다.

록 윌로에서

7월 12일

아저씨의 비서는 어떻게 록 윌로 농장을 알까요? (그냥 하는
질문이 아니에요. 궁금해서 미칠 지경이에요.) 제 말 좀 들어보세
요. 이 농장 주인은 원래 저비스 펜들턴 씨였는데, 지금은 유
모였던 셈플 부인에게 준 상태래요. 어쩜 이렇게 기묘한 우
연이 다 있을까요? 셈플 부인은 아직도 그분을 '저비 도련님'
이라고 부르면서, 예전에 얼마나 사랑스러운 소년이었는지
이야기해주신답니다. 펜들턴 씨가 아기였을 때의 곱슬머리
를 상자 속에 보관 중인데, 빨간색이에요. 그러니까 붉은빛
이 감돌기는 해요!

셈플 부인은 제가 그분을 안다는 사실을 듣고는, 저를

아주 괜찮은 사람으로 생각하신답니다. 펜들턴 가문 사람을 안다는 사실이 록 윌로에서는 가장 좋은 소개장이에요. 그 가문에서 가장 훌륭한 사람이 저비 도련님이죠. 기쁘게도 줄리아가 속한 가족은 그분 가족의 위세에는 못 미친대요.

　　농장이 점점 재미있어져요. 어제는 건초 마차에 탔어요. 커다란 돼지가 세 마리, 작은 새끼 돼지가 아홉 마리 있는데, 아저씨도 그 돼지들이 먹는 모습을 보셔야 해요. 걔들은 진짜 돼지예요! 농장에 병아리와 오리, 칠면조, 뿔닭이 엄청나게 많아요. 농장에서 살 수 있는데도 도시에 산다면, 그 사람은 분명 제정신이 아닐 거예요.

　　매일 달걀을 꺼내오는 게 제가 할 일이에요. 어제는 검은 암탉이 은밀하게 꾸린 둥지 쪽으로 기어가려다가, 헛간 다락에서 떨어졌어요. 무릎이 긁힌 채로 들어갔더니, 셈플 부인이 약을 바르고 붕대를 감아주는 내내 "이런! 이런! 저비 도련님이 바로 그 들보에서 떨어져 똑같이 이쪽 무릎을 긁힌 게 바로 엊그제 같은데" 하고 말했어요.

　　주변 풍경은 더없이 아름다워요. 계곡과 강이 있고 수목이 우거진 언덕이 여럿인 데다, 저 멀리로는 입속에 넣으면 사르르 녹아버릴 듯한 높고 푸른 산이 보인답니다.

　　농장에서는 일주일에 두 번씩 버터를 만들어요. 유제품 저장소에 크림을 보관하는데, 그 저장소는 돌로 만들었고 밑으로 개울이 흘러요. 동네 몇몇 농부들은 분리기를 쓰지만, 이 농장은 그런 새로운 방식을 좋아하지 않아요. 냄비에서 크림을 분리하는 건 훨씬 어려운 일일지 몰라도 보람이 더 크답니다. 농장에 송아지가 여섯 마리 있는데, 제가 그 송아지들에게 이름을 지어주었어요.

1. 실비아–숲에서 태어나서.

2. 레스비아–카툴루스의 시에 등장하는 여인 이름.

3. 샐리.

4. 줄리아–별 특징 없는 얼룩 송아지.

5. 주디–내 이름을 따서.

6. 키다리 아저씨–괜찮으시죠, 아저씨? 순수한 저지종이고 기질이 순해요. 이렇게 생겼어요. 이름이 찰떡처럼 잘 어울린다는 사실을 아시겠죠?

아직은 불후의 명작을 쓸 시간이 없어요. 농장 일로 너무 바쁘거든요.

아저씨의 변함없는 벗

주디 올림

• 추신 •

1. 도넛 만드는 법을 배웠어요.

2. 닭을 기를 생각을 하고 계신다면, 버프 오핑턴종을 추천 드려요. 솜털이 없거든요.

3. 제가 어제 만든 훌륭하고 신선한 버터 한 덩어리를 아저 씨께 보내드릴 수 있으면 좋을 텐데요. 저는 훌륭한 농 장 일꾼이랍니다!

4. 아래는 미래의 대작가, 제루샤 애벗이 소를 몰고 집으로 돌아가는 모습입니다.

키다리 아저씨께

　신기하지 않나요? 어제 오후에 아저씨에게 편지를 쓰기 시작했는데, '키다리 아저씨께'라고 첫머리를 쓴 순간 저녁으로 먹을 검은딸기를 따오기로 한 게 기억이 났어요. 그래서 편지지를 탁자에 둔 채 자리를 떴다가, 오늘 돌아왔더니, 편지지 한가운데 뭐가 있었는지 아세요? 진짜 키다리 장님거미였어요!

　아주 조심스럽게 거미의 다리 하나를 잡아서 창밖으로 떨어뜨렸어요. 저는 무슨 일이 있어도 장님거미를 해치지 않을 거예요. 장님거미를 보면 늘 아저씨가 떠올라요.

　오늘 아침에 우리는 짐마차를 타고 중심가에 있는 교회에 갔어요. 교회는 아담한 흰색 목조건물로, 첨탑이 달렸고 정면에 도리아 양식(아니면 이오니아 양식일지도 몰라요. 이 둘은 늘 헷갈리거든요) 기둥 세 개가 서 있어요.

설교가 친절하고도 나른해 모두가 졸린 듯이 종려나무 잎 부채를 부쳤고, 목사님의 목소리 외에는 바깥 숲속에서 매미들이 울어대는 소리만 들렸죠. 저는 자리에서 일어나 찬송가를 부를 때야 비로소 잠이 깼는데, 설교를 듣지 못해 무척 아쉬웠어요. 그런 찬송가를 고르는 사람의 심리를 좀 더 알고 싶거든요. 그 찬송가란 이거예요.

즐거움과 세속적 재미를 버리고 오게.
나와 함께 하늘의 기쁨을 누리세.
그렇지 않으면, 친구여, 긴긴 작별이네.
지옥에 떨어져도 더는 상관 않겠네.

셈플 씨 부부와 종교 이야기를 나누는 건 위험한 일이더군요. (옛날 옛적 청교도 조상들로부터 고스란히 물려받은) 그분들의 하느님은 편협하고, 불합리하고, 부당하고, 심술궂고, 복수심에 불타는 고집불통이에요. 제가 누구에게서든 신을 물려받지 않아서 다행이에요! 제가 바라는 대로 자유롭게 저의 하느님을 만들어낼 수 있잖아요. 그분은 친절하고, 인정 많고, 상상력이 풍부하고, 너그럽고, 이해심 있는 분이에요. 유머 감각도 있고요.

저는 셈플 씨 부부가 무척 좋아요. 그분들의 행동이 그분들이 믿는 이론보다 훨씬 훌륭해요. 그분들의 신보다 더 나아요. 셈플 씨 부부에게 그렇게 말씀드렸어요. 굉장히 당혹스러워하시더라고요. 두 분은 제가 불경하다고 생각하시지만, 제 생각에는 두 분이 그런걸요! 이제 신학적인 이야기는 대화에서 빼기로 했어요.

지금은 일요일 오후예요.

아마사이(남자 일꾼)가 자주색 넥타이와 샛노란 사슴 가죽 장갑 차림에 시뻘건 얼굴까지 깔끔하게 면도하고서는, 캐리(여자 일꾼)와 함께 마차를 타고 좀 전에 떠났어요. 캐리는 빨간 장미로 장식한 커다란 모자를 쓰고 파란색 모슬린 드레스를 입었는데, 도저히 풀리지 않을 만큼 머리를 돌돌 말았죠. 아마사이는 아침 내내 사륜마차를 닦았어요. 캐리는 식사 준비를 핑계로 교회에 가지 않고 집에 남았는데, 사실은 모슬린 드레스를 다림질하기 위해서였답니다.

이 편지를 끝내고 2분이 지나면, 저는 편히 앉아 다락에서 발견한 책을 읽을 거예요. 제목은 『흔적을 따라』고요, 앞면에는 소년이 우스꽝스러운 필체로 휘갈겨 쓴 내용이 있어요.

저비스 펜들턴
이 책이 배회하거든,
뺨을 때려 집으로 보내주세요.

그분은 열한 살 무렵 병을 앓고 난 뒤에 이 농장에서 여름을 한 번 보냈어요. 그리고 『흔적을 따라』를 두고 갔죠. 열심히 읽은 모양이에요. 때 묻은 작은 손자국이 자주 보인답니다! 또 다락 구석에는 물레바퀴와 풍차, 활과 화살이 있어요. 셈플 부인이 끊임없이 그분 이야기를 한 덕에, 저도 그분이 정말 여기에서 산다고 믿게 되었어요. 실크 모자를 쓰고 지팡이를 짚은 어른이 아니라, 사랑스럽고 지저분한 더벅머리 소년의 모습으로 말이에요. 그 소년은 굉장히 시끄럽게 통통거리며 계단을 오르고, 방충문을 열면 닫지도 않고, 늘 쿠키를 달라고 해요. (그리고 제가 아는 셈플 부인이라면 당연히 쿠키를 가져다줄걸요!) 소년은 모험심 많은 어린아이예요. 용감하고 정직하기도 하죠. 그 소년이 펜들턴 가문 사람이라는 걸 생각하면 안타까워요. 그 정도로 그치기엔 아까운 분이죠.

　　우리는 내일부터 귀리 타작을 할 거예요. 증기 탈곡기가 오고, 일꾼도 세 명이 더 와요.

　　서글프지만, 버터컵(뿔이 하나 달린 얼룩소로, 레스비아의 어미예요)이 부끄러운 짓을 저질렀다는 사실을 말씀드려요. 금요일 저녁에 과수원으로 들어가 나무 밑에 떨어진 사과를 먹고, 먹고, 또 먹다가 결국 취해버렸어요. 이틀 동안 완전히 고주망태로 지냈다니까요! 사실이에요. 이렇게 터무니없는 이야기 들어보셨어요?

선생님,

저는 언제나

귀하의 사랑스러운 고아입니다.

주디 애벗 올림

• 추신 •

1장에선 원주민이, 2장에서는 노상강도가 등장했어요. 저는 숨을 죽이고 있어요. 3장에는 어떤 이야기가 나올까요? '붉은 매가 공중으로 6미터를 날아오르다 죽음을 맞이했다.' 이게 표제 삽화에 딸린 설명이에요. 주디와 저비스가 즐거운 시간을 보내고 있죠?

9월 15일

아저씨께

어제 사거리 잡화점에서 밀가루 저울로 몸무게를 쟀어요. 4킬로그램이나 늘었지 뭐예요! 건강을 위한 휴양지로 록월로를 추천합니다.

아저씨의 친구

주디 올림

9월 25일

키다리 아저씨께

　저 좀 보세요, 2학년이 됐어요! 지난 금요일에 도착했는데, 록 윌로를 떠나 아쉬웠지만 캠퍼스를 다시 보니 반가웠어요. 친숙한 곳으로 돌아오는 건 즐거운 느낌이네요. 대학이 편안해지기 시작했고, 상황을 통제하는 능력도 발전하고 있어요. 사실 세상이 편안하게 느껴지기 시작했어요. 마치 남들이 눈감아준 덕분에 세상으로 기어 나온 게 아니라, 정말로 세상에 속한 것처럼 말이에요.

　아저씨는 제가 무슨 말을 하려는지 조금도 이해 못 하시겠죠. 후원회 이사님이 될 만큼 중요한 인물은 버려진 아이가 될 정도로 하찮은 사람의 기분을 이해할 수 없어요.

그건 그렇고, 아저씨, 들어보세요. 제가 누구와 같은 방을 쓰게 되었는지 아세요? 샐리 맥브라이드와 줄리아 러틀리지 펜들턴이에요. 사실이에요. 공부방이 하나 있고, 작은 침실이 셋이에요. 보세요!

지난봄에 샐리와 저는 방을 함께 쓰기로 결정했는데, 줄리아가 샐리와 계속 함께 있기로 마음먹은 거예요. 아, 왜 그러는지 모르겠어요. 두 사람은 비슷한 점이 전혀 없는데 말이에요. 하지만 펜들턴 가문 사람은 본래 보수적이어서 변화를 적대시(멋진 단어예요!)하죠. 어쨌거나 이렇게 되었어요. 얼마 전까지 존 그리어 보육원 소속이었던 제루샤 애벗이 펜들턴 가문 사람과 함께 방을 쓴다는 생각을 해보세요. 여긴 민주주의 국가가 맞나 봐요.

샐리가 학년 대표 선거에 출마하기로 했어요. 별다른 일이 없는 한 당선될 거예요. 권모술수가 판치는 분위기에서 우리가 얼마나 유능한 정치꾼으로 활동하는지 보셔야 하는데! 저기 있잖아요, 아저씨, 우리 여성들이 참정권을 획득하면, 아저씨 같은 남자들은 권리를 잃지 않도록 당찬 모습을 보여줘야 할 거예요. 선거는 다음 토요일인데, 누가 당선되건 저녁에 횃불 행진이 있을 예정이랍니다.

화학 공부를 시작했는데, 정말이지 독특한 학문이에요. 이런 건 본 적이 없어요. 분자와 원자 같은 내용이 나오는데, 다음 달이 되어야 더 확실하게 말씀드릴 상태가 될 거예요.

또 논증과 논리학도 공부하고 있어요.

세계사도 배우고요.

윌리엄 셰익스피어의 희곡도 배워요.

프랑스어도.

이런 식으로 몇 년이 더 지나면 저는 꽤 똑똑해질 거예요.

프랑스어보다는 경제학을 선택했다면 좋았겠지만, 감히 그럴 수가 없었어요. 프랑스어를 다시 선택하지 않으면, 교수님이 낙제시킬 것 같았거든요. 사실 6월에 있었던 시험도 가까스로 통과했어요. 하지만 고등학교 때 충분히 준비하지 못했기 때문이라고나 할까요.

수업 때 프랑스어를 영어만큼이나 빠르게 재잘거리는 아이가 있어요. 어릴 때 부모님과 함께 해외에 나가서 3년 동안 수녀원 부속학교에 다녔대요. 다른 아이들에 비해 그 아이가 얼마나 똑똑한지 상상하실 수 있겠죠? 불규칙동사도

장난감에 불과하다니까요. 부모님이 제가 어릴 때 보육원 대신 프랑스 수녀원에 버려주었다면 좋았을 텐데요. 오, 아니에요, 그것도 싫어요! 그랬다면 아마 아저씨를 알지 못했을 테니까요. 프랑스어보다는 아저씨를 아는 편이 더 좋아요.

안녕히 계세요, 아저씨. 이제 해리엇 마틴을 찾아가서 화학 공부에 대한 이야기를 나눈 다음, 차기 학년 대표 선출이라는 사안에 대해 몇 가지 견해를 무심히 흘려볼까 해요.

정치 활동 중인

J. 애벗 올림

10월 17일

키다리 아저씨께

체육관 수영장에 레몬 젤리가 가득하다면, 수영을 하러 들어간 사람은 그 위에 떠 있을까요, 아니면 가라앉을까요?

친구들과 디저트로 레몬 젤리를 먹다가 그런 질문이 나왔어요. 30분 동안 열띤 토론을 벌였지만, 아직 결론을 내리지 못했어요. 샐리는 그 속에서 수영을 할 수 있을 거라고 생각하지만, 저는 세계 최고의 수영 선수도 가라앉을 거라고 믿어 의심치 않아요. 레몬 젤리 속에서 익사한다면 웃기지 않을까요?

우리는 다른 두 가지 문제에 대해서도 관심을 가지고 있어요.

첫째. 팔각형 건물 속에 있는 방들은 무슨 모양일까? 어떤 아이들은 네모라고 주장해요. 하지만 제 생각에는 파이 조각처럼 생겨야 할 것 같아요. 그렇지 않나요?

둘째. 거울로 만들어진, 아주 크고 속이 빈 공 같은 물체가 있는데 그 속에 앉아 있다고 가정해볼게요. 어느 지점부터 얼굴 대신 등이 비치기 시작할까요? 이 문제는 생각할수록 점점 더 헷갈려요. 우리가 한가한 시간에도 얼마나 깊은 철학적 사고를 하는지 아저씨도 아실 거예요.

선거에 대해 말씀드렸나요? 3주 전에 치렀는데, 이곳에서는 시간이 너무 빠르게 지나가서 3주 전이면 옛날 옛적이랍니다. 샐리가 당선되었고, 우리는 '맥브라이드여, 영원하라'라고 적은 투명한 판을 들고 악기 열네 개(세 명은 하모니카, 열한 명은 머리빗)로 밴드를 구성해 횃불 행진을 했어요.

이제 '258호'에 사는 우리는 아주 중요한 인물들이 되었어요. 줄리아와 저는 엄청난 후광을 누리고 있죠. 학년 대표와 같은 방에서 산다는 건 사회적으로 굉장히 큰 부담을 준답니다.

맥브라이드여, 영원하라

Bonne nuit(안녕히 주무세요), cher(친애하는) 아저씨.

Acceptez mez compliments(제 인사를 받아주세요),

Très respectueux(큰 존경심도).

Je suis(저는)

Votre 주디(당신의 주디입니다).

11월 12일

키다리 아저씨께

어제 농구 시합에서 1학년을 이겼어요. 물론 기뻐요. 하지만 아, 3학년을 이길 수만 있다면! 온몸에 멍이 들어 연고를 바르고 붕대를 감은 채 일주일 동안 침대 신세가 되어도 좋을 거예요.

샐리가 크리스마스 휴가를 함께 보내자며 저를 초대했어요. 샐리는 매사추세츠주 우스터에 살아요. 정말 다정한 아이 아닌가요? 저도 정말 가고 싶어요. 여태껏 록 윌로를 빼고는 평범한 가정집에 가본 적이 없어요. 셈플 씨 부부는 어른들이고 나이가 많으니 포함하면 안 돼요. 하지만 맥브라이드 가족의 집에는 아이들이 가득하고(어쨌든 두세 명은 되니까) 어머니와 아버지, 할머니가 계시고 앙고라 고양이도 있어요. 그야말로 완벽한 가족이에요! 기숙사에 남는 것보다는 짐을 꾸려서 떠나는 게 훨씬 신나는 일이죠. 기대감으로 마음이 엄청 들썩이고 있어요.

7교시예요. 얼른 가서 리허설을 해야 해요. 추수감사절 연극에 출연할 예정이거든요. 벨벳 블라우스를 입은 탑 속의 노란 곱슬머리 왕자님 역이랍니다. 정말 재미있겠죠?

그럼 이만
J. A.

토요일

제가 어떻게 생겼는지 궁금하세요? 여기 레오노라 펜턴이 찍어준 우리 세 사람의 사진이 있어요.

밝게 웃는 아이가 샐리이고, 거드름을 피우고 있는 키 큰 아이가 줄리아, 머리칼이 얼굴을 뒤덮듯이 흩날리는 자그만 아이가 주디예요. 사실 이것보다는 더 예쁜데, 햇빛이 눈에 들어왔지 뭐예요.

매사추세츠 우스터 '스톤 게이트'에서
12월 31일

키다리 아저씨께

진작부터 크리스마스 용돈을 보내주셔서 감사하다고 편지를 쓰려 했는데, 맥브라이드네에서 보내는 시간이 흥미진진해서 단 2분도 가만히 책상에 앉아 보낼 겨를이 없었어요.

새 드레스를 한 벌 샀어요. 필요해서가 아니라 그냥 사고 싶어서요. 올해 크리스마스 선물은 키다리 아저씨께 받은 거예요. 가족들은 사랑만 보내주었답니다.

샐리의 집에서 너무나 아름다운 휴가를 보내는 중이에

요. 샐리는 크고 고풍스러운 벽돌집에 사는데, 길가에서 멀리 떨어져 있고 테두리 장식이 흰색으로 꾸며졌어요. 존 그리어 보육원에 살 때 호기심이 가득한 눈으로 바라보며 안에 들어가면 어떤 모습일지 궁금해하던 그런 집이죠. 두 눈으로 직접 보게 될 줄은 몰랐어요. 하지만 이렇게 여기 있네요! 모든 것이 매우 편안하고 평화롭고 가정적이에요. 저는 이 방 저 방 돌아다니며 가구 구경에 빠져든답니다.

이곳은 아이들이 자라기에 정말 완벽한 집이에요. 숨바꼭질하기 좋은, 어둡고 후미진 구석과 팝콘을 만들 수 있는 벽난로, 비 오는 날 뛰놀기 좋은 다락방, 맨 아래 기둥에 안락하고 둥글납작한 장식이 달린 미끄러운 난간이 있고, 굉장히 크고 밝은 부엌도 있어요. 게다가 13년 동안 이 가족과 함께 지내온, 아이들이 직접 구울 수 있게 밀가루 반죽을 조금씩 남겨두는 친절하고 뚱뚱하고 쾌활한 요리사도 있고요. 그냥 보기만 해도 다시 어린 시절로 돌아가고 싶어지는 그런 집이랍니다.

그리고 가족들! 이렇게 멋진 사람들일 줄은 꿈에도 생각하지 못했어요. 샐리에게는 아버지와 어머니, 할머니, 그리고 머리카락 전체가 곱슬곱슬하고 귀엽기 짝이 없는 세 살 난 여동생, 신발 흙을 닦고 들어오는 것을 늘 잊어버리는 중간 체격의 남동생, 그리고 지미라는 키 크고 잘생긴 오빠가 있어요. 오빠는 프린스턴 대학 3학년이래요.

식탁에서도 얼마나 즐거운 시간을 보내는지 몰라요. 모두가 동시에 웃고 농담을 던지고 말을 꺼내는데, 식사 전에 기도를 할 필요도 없어요. 음식을 한 입 먹을 때마다 누군가에게 고마워하지 않아도 되니 마음이 놓여요. (아마 불경스러운 말이겠죠. 하지만 아저씨가 저처럼 의무적으로 감사 기도를 많이 드려야 했다면, 똑같이 생각하셨을 거예요.)

정말 많은 걸 했어요. 무엇부터 말씀드려야 할지 모르겠네요. 맥브라이드 씨는 공장을 운영하는데, 크리스마스이브 때 직원 자녀들을 위해 트리를 준비하셨어요. 물건 포장용으로 쓰는 길쭉한 공간을 상록수와 호랑가시나무로 장식하고, 그곳에 트리를 세웠답니다. 지미 맥브라이드가 산타클로스로 분장하고 샐리와 저는 지미를 도와 선물을 나눠주었죠.

그런데요, 아저씨, 정말 이상한 기분이 들었어요! 존 그리어 보육원의 후원회 이사가 되어 자선을 베푸는 것만 같았어요. 저는 귀엽고 온통 찐득찐득해진 어느 꼬마에게 입을 맞춰주었어요. 그렇지만 아마 아이들의 머리를 쓰다듬진 않았을 거예요!

크리스마스 이틀 후에 맥브라이드 가족이 저를 위해 집에서 댄스파티를 열었어요.

처음으로 참석하는 진짜 무도회였죠. 대학 댄스파티 때

는 여자끼리 춤을 추니까 제외하고요. 저는 새로 산 하얀 이 브닝드레스(아저씨가 주신 크리스마스 선물이죠. 깊이 감사드려요)를 입고, 길고 하얀 장갑을 끼고 하얀 공단으로 만든 신발을 신었어요. 이토록 완벽하고 온전하고 절대적으로 행복한 순간에 결점이 딱 하나 있다면, 그건 제가 지미 맥브라이드와 프랑스 사교춤 추는 모습을 리펫 원장님이 보지 못한다는 사실이었어요. 다음번 보육원에 방문하시면 제발 원장님께 꼭 말씀드려주세요.

아저씨의 친구

주디 애벗 올림

• 추신 •

결국 제가 위대한 작가가 되지 못하고 평범한 여자에 그친다면, 깊이 실망하실 건가요, 아저씨?

토요일, 6시 30분

아저씨께

오늘 마을로 걸어가려 하는데, 맙소사! 비가 엄청 쏟아졌어요. 저는 비가 아니 라 눈이 내리는 겨울이 겨울다워서 좋아요.

오늘 오후에 줄리아의 멋있는 삼촌이 또 찾아왔어요. 2킬로그램짜리 초콜릿 상자를 들고 말이에요. 줄리아와 한방을 쓰니 좋은 점도 있긴 있네요.

줄리아의 삼촌은 우리의 천진난만한 수다가 재미있었는지, 공부방에서 함께 차를 마시려고 기차 시간을 미뤘어요. 학교 허락을 받는 게 엄청 어려웠지요. 아버지나 할아버지를 초대하는 것도 어려운 일인데, 삼촌은 더 그렇거든요. 오빠나 사촌을 초대하기란 거의 불가능하고요. 줄리아는 그분이 자기 삼촌이라는 사실을 공증인 앞에서 맹세하고, 군청 직원이 발행한 증명서도 첨부해야 했답니다(제가 법에 대해 제법 많이 알지 않나요?). 그렇게까지 했지만 저비스 삼촌이 얼마나 젊고 잘생겼는지를 사감 선생님이 어쩌다 알게 되었다면 과연 차를 마실 수 있었을까 싶어요.

어쨌든 우리는 갈색 빵으로 만든 스위스 치즈 샌드위치

를 곁들여 차를 마셨답니다. 펜들턴 씨는 샌드위치 만드는 것을 돕더니, 네 조각이나 드셨어요. 그분에게 지난여름을 록월로에서 보냈다고 말씀드렸고, 우리는 셈플 씨 부부와 말과 소, 닭에 대해 쉬지 않고 재미있게 이야기를 나누었어요. 그분이 알던 말들은 그로버를 빼고는 모두 죽었는데, 펜들턴 씨가 마지막으로 농장에 방문했을 때 그로버는 어린 망아지였대요. 가여운 그로버는 이제 너무 늙어 목초지를 절뚝절뚝 돌아다녀야 해요.

펜들턴 씨가 농장에서 아직도 도넛을 노란 그릇에 담아 파란 접시로 덮어 식품 저장실 맨 아래 선반에 보관하느냐고 물었어요. 여전히 그렇게 한답니다! 펜들턴 씨는 아직도 야간 방목장 돌 더미 밑에 마멋이 드나드는 구멍이 있는지도 궁금해했어요. 지금도 있답니다! 올여름에 아마 사이가 크고 뚱뚱한 회색 마멋을 잡았는데, 저비 도련님이 어릴 때 잡았던 마멋의 25대손쯤 되겠죠.

그분 면전에 대고 '저비 도련님'이라고 불렀지만, 그분이 무례한 행동이라고 생각하는 듯 보이진 않았어요. 줄리아는 그분이 사람들과 이렇게 잘 어울리는 모습을 처음 본대요. 대개는 다가가기 너무 힘든 분이래요. 하지만 줄리아는 재치가 전혀 없어요. 남자를 대할 때는 재치가 많이 필요하더라고요. 제대로 쓰다듬어주면 만족스레 가르랑거리고, 그렇지 않으면 성난 목소리로 야옹거리죠(그다지 고상한 은유는 아니군요. 비유하자면 그렇다는 뜻이에요).

우리는 마리 바슈키르체프의 일기(러시아의 화가 겸 작가인 바슈키르체프는 열세 살 때부터 일기를 쓰기 시작했고, 여성 예술가로서의 고뇌와 분노를 기록한 그 일기는 후대 여성들에게 큰 영향을 미쳤다-옮긴이)를 읽고 있어요. 놀라운 작품 아닌가요? 들어보세요.

"어젯밤 나는 갑자기 절망에 사로잡혀 끙끙 앓다가 마침내 식당 시계를 바다에 던져버리고 말았다."

이걸 읽으니, 제가 천재가 아니면 좋겠다는 생각이 들어요. 천재들은 주변 사람들을 무척 지치게 할 테니까요. 가구도 마구 망가뜨리고요.

맙소사! 비가 계속 쏟아져요. 오늘 밤에는 예배당까지 헤엄쳐서 가야겠어요.

아저씨의 벗

주디 올림

1월 20일

혹시 아저씨에게 귀여운 딸이 있었는데, 요람에 누운 아기였을 때 도둑맞지 않았나요?

어쩌면 제가 그 아기일지도 몰라요! 우리가 소설 속에 있다면, 그게 소설의 대단원을 장식하지 않을까요?

자신이 어떤 사람인지 모른다는 건 정말이지 기묘한 느낌이에요. 흥미롭고 낭만적이죠. 가능성이 많잖아요. 어쩌면 저는 미국인이 아닐지도 몰라요. 그런 사람이 많으니까요. 고대 로마인의 직계 후손일지도 모르고, 바이킹의 딸이거나 러시아 망명자의 자녀로, 원래는 시베리아 감옥에 있어야 하는 사람일지도 몰라요. 아니면 집시일 수도 있어요. 집시가 맞는 것 같기도 해요. 떠돌이 기질이 아주 강하거든요. 그 기질을 발전시킬 기회가 별로 없었을 뿐이죠.

제 이력에 불미스러운 오점이 하나 있다는 거 아세요? 쿠키를 훔쳐 벌을 받다가 보육원에서 도망친 사건이에요. 후원회 이사라면 누구든지 읽을 수 있도록, 기록부에 적어두었죠. 하지만 사실 아저씨, 당연한 일 아닐까요? 나이프를 닦으라며 배고픈 아홉 살짜리 애를 식품 저장실에 집어넣었는데, 바로 옆에 쿠키 통이 있고 아이는 혼자 남았어요. 그러다 다시 불쑥 저장실에 들어가 보면, 그 아이의 입에 당연히 쿠키 가루가 묻어 있지 않겠어요? 그 아이의 팔을 휙 잡아당겨 뺨을 때리고는, 디저트로 푸딩이 나오는 때에 식탁에서 일어나라고 하면서 다른 아이들에게 이건 그 아이가 도둑질을 했기 때문이라고 말한다면, 아이는 당연히 달아나지 않을까요?

저는 6킬로미터밖에 도망가지 못했어요. 붙잡혀서 되돌아왔죠. 그리고 일주일 내내, 다른 아이들이 쉬는 시간에 밖에 나가 노는 동안 뒷마당 말뚝에 버릇없는 강아지처럼 묶여 있었죠.

아, 이런! 예배 종이 울려요. 예배 후에는 학생회 회의가 있어요. 이번에는 정말 재미있는 편지를 쓰려고 했는데, 죄송해요.

Auf wiedersehen(안녕히 계세요).

Cher(친애하는) 아저씨

Pax tibi(당신에게 평화를)!

주디 올림

• 추신 •

전 중국인이 아니란 사실, 그거 하나는 정말 확실해요.

2월 4일

키다리 아저씨께

지미 맥브라이드가 방 한쪽 벽을 덮을 만큼 커다란 프린스턴 깃발을 보냈어요. 저를 기억해줘서 정말 고맙지만, 대체 이 깃발을 어떻게 하면 좋을지 모르겠어요. 샐리와 줄리아는 그 깃발을 걸게 해주지 않을 거예요. 올해는 방을 빨간색 위주로 꾸몄는데, 거기에 주황색과 검은색을 더하면 어떤 결과가 나올지 상상하실 수 있을 거예요. 하지만 정말 세련되고 따뜻하고 두꺼운 펠트 천이라서, 무용지물로 만들긴 싫어요. 목욕 가운으로 만든다면, 예의에 어긋나는 행동일까요? 원래 있던 가운은 세탁하면서 줄어들었거든요.

오전 6시

일찍 일어나는 새가
욕조를 차지한다

최근에 제가 배우고 있는 내용을 전혀 말씀드리지 않아 편지로는 상상하기 어려우시겠지만, 오직 공부에만 시간을 쓰고 있답니다. 한 번에 다섯 과목을 공부하려니 정말 정신이 없어요.

화학 교수님은 이렇게 말씀하세요.

"진정한 학문은 세부 항목을 정성스럽게 탐구하는 열정으로 판가름할 수 있다."

역사 교수님은 말씀하시죠.

"세부 사항에만 시선을 고정하지 않도록 주의하라. 전체적 관점을 가질 수 있도록 충분한 거리를 유지하라."

우리가 화학과 역사 사이에서 얼마나 세밀하게 돛을 조정해야 하는지, 아저씨도 아실 거예요. 저는 역사학적 방법이 가장 좋아요. 제가 정복자 윌리엄이 1492년에 침략했고, 콜럼버스가 아메리카 대륙을 1100년이나 1066년, 아니면 다른 때에 발견했다고 말하더라도, 교수님이 눈감아주실 만한 단순한 세부 사항에 불과하니까요. 덕분에 역사 수업 시간에는 안도감과 편안함이 느껴지는데, 화학 시간에는 전혀 느낄수 없는 기분이죠.

6교시 종이 울리네요. 실험실에 가서 산성과 염류와 알칼리성 같은 사소한 성분을 들여다봐야 해요. 염산 때문에 제 실험용 앞치마 앞에 접시만큼 커다란 구멍이 났어요. 이론이 맞다면, 아주 강한 암모니아로 그 구멍을 중화할 수 있어야 하는 것 아닌가요, 그렇죠?

다음 주가 시험이에요. 하지만 누가 겁낸대요?

아저씨의 변함없는 친구

주디 올림

3월 5일

키다리 아저씨께

　3월다운 봄바람이 불고, 하늘을 뒤덮은 묵직한 먹구름이 움직이고 있어요. 소나무 숲에서는 까마귀들이 떠들썩하게 소리를 질러대고요! 마음을 들뜨게 하는 그 활기찬 소리가 누군가를 부르는 것만 같아요. 책을 덮고 언덕으로 나가바람과 경주하고 싶어집니다.

　지난 토요일에는 질퍽질퍽한 들판에서 8킬로미터가 넘게 돌아다니며 여우 사냥 놀이를 했어요. 여우(여학생 셋이 색종이 조각을 잔뜩 들고 다녔죠)가 사냥꾼 스물일곱 명보다 30분일찍 출발했어요. 저는 그 스물일곱 명 중 하나였어요. 여덟명은 도중에 포기했어요. 결국 열아홉 명만 남았어요. 여우의 흔적이 언덕을 넘고 옥수수 밭을 지나 늪 속으로 이어져서, 우리는 흙무더기 사이를 폴짝 뛰어넘어야 했어요. 당연히 일행 중 반은 발목까지 늪에 빠지고 말았죠. 흔적을 계속찾지 못해서 그 늪에서 25분을 허비했어요. 그러다가 발견한 흔적이 언덕을 올라 숲을 지나더니 어떤 헛간 창문 안으로 들어간 거예요! 헛간 문은 모두 잠겼고 아주 작은 창문이 높이 달려 있었어요. 황당한 상황 아닌가요?

하지만 우리는 창문으로 들어가지 않았어요. 헛간 주변을 한 바퀴 돌다가 흔적을 발견했는데, 낮은 헛간 지붕을 지나 울타리 위로 이어지더군요. 여우는 우리가 거기 걸려들 거라고 생각했지만 여우를 갖고 논 건 우리였어요. 경사가 완만한 목초지를 3킬로미터 이상 쭉 따라갔는데, 색종이 조각이 점점 더 띄엄띄엄 보여서 추적하기가 굉장히 어려웠어요. 색종이를 2미터 이상 떨어뜨리면 안 되는 게 규칙이건만, 그렇게 긴 2미터는 생전 처음 보았다니까요. 마침내 두 시간 동안 끈질기게 뛰어다닌 끝에, 크리스털 스프링(학생들이 저녁으로 닭고기와 와플을 먹으려고 봅슬레이나 건초 마차를 타고 찾아가는 농장 이름이에요)의 부엌으로 들어간 여우 씨를 추적해 냈어요. 세 여우가 태연하게 우유와 꿀과 비스킷을 먹고 있더군요. 우리가 그 정도로 멀리 따라올 거라고는 생각하지 못한 거예요. 농장 창문에 매달려 있을 줄 알았대요.

양쪽 모두 자기 팀이 이겼다고 우기고 있어요. 제 생각에는 우리가 이긴 것 같은데, 그렇지 않나요? 여우들이 캠퍼스로 돌아가기 전에 잡았으니까요. 어쨌건 우리 열아홉 명은 메뚜기 떼처럼 가구 위에 자리를 잡고 꿀을 달라고 떠들어댔어요. 꿀은 모두에게 돌아갈 만큼 충분하지 않았지만, 크리스털 스프링 부인(우리가 지어드린 애칭이에요. 원래는 존슨 부인이랍니다)이 딸기잼 한 병과 바로 지난주에 만든 단풍나무 시럽이 든 통 하나, 그리고 갈색 빵 세 덩어리를 내놓았어요.

우리는 여섯 시 반이 되어서야 학교로 돌아왔어요. 저녁 식사에 30분이나 늦었죠. 옷도 갈아입지 않고 곧장 식당으로 들어갔는데, 식욕이 조금도 줄지 않은 거 있죠! 식사를 마치고 모두 저녁 예배를 건너뛰었는데, 신발 상태만으로 충분한 구실이 되었답니다.

시험에 대해 말씀드리지 않았네요. 모든 과목을 너끈히 통과했어요. 이제는 비결을 아니까, 다시 낙제하진 않을 거예요. 다만 1학년 때 배운 그 고약한 라틴어 산문과 기하학 때문에 우등으로 졸업하지는 못할 거예요. 하지만 상관없어요. 행복하기만 하다면 그게 무슨 문제랴? (인용문이에요. 영국 고전을 읽고 있었거든요.)

고전 이야기가 나와서 말인데, 『햄릿』 읽어보셨어요? 안 읽으셨으면 당장 읽어보세요. 굉장한 작품이에요. 셰익스피어라는 사람에 대해서 지금까지 많이 들어보긴 했지만, 정말로 그렇게 글을 잘 쓰는 줄은 몰랐어요. 그저 명성만 잔뜩 부풀려진 게 아닐까, 늘 의심했지요.

오래전, 처음 글 읽는 법을 배웠을 때 발명한, 즐거운 놀이가 하나 있어요. 매일 밤, 당시 읽고 있는 책의 등장인물(가장 중요한 인물)이 되었다고 생각하며 잠자리에 드는 거예요.

지금은 오필리아예요. 그것도 아주 현명한 오필리아죠! 저는 햄릿을 늘 즐겁게 해주고, 다정하게 쓰다듬어주고, 때론 꾸짖고, 그가 감기에 걸리면 목을 감싸준답니다. 햄릿의 우울증도 완전히 고쳐주었어요. 왕과 왕비는 세상을 떠났어요. 바다에서 사고가 일어난 터라, 장례식은 필요 없었죠. 그래서 햄릿과 저는 큰 문제 없이 덴마크를 다스리고 있어요. 우리는 왕국을 훌륭하게 관리해요. 햄릿은 통치를 맡고, 저는 자선사업에 신경을 써요. 일류 보육원 몇 개를 막 설립했답니다. 아저씨나 다른 이사님들이 찾아오신다면, 기쁘게 구석구석 보여드릴게요. 유용한 조언을 많이 얻게 되실 거예요.

언제나
그대의 우아한 벗으로 남을
덴마크의 여왕
오필리아

3월 24일 아니면 25일

키다리 아저씨께

저는 천국에 갈 것 같지 않아요. 땅에서 이토록 좋은 걸 많이 누리는걸요. 죽은 뒤에도 그렇다면 불공평하겠죠. 무슨 일이 있었는지 들어보세요.

우리 대학의 잡지 《월간》이 해마다 개최하는 단편소설 공모전(상금이 25달러)에서 제루샤 애벗이 입상했어요. 2학년인데 말이에요! 참가자들은 대부분 4학년이에요. 제 이름이 게시된 걸 봤는데 진짜라고 믿을 수 없었어요. 결국 저는 작가가 될 건가 봐요. 리펫 원장님이 저에게 이런 바보 같은 이름을 붙이지 않았다면 좋았을 텐데. 흔하디흔한 여자 작가 이름 같지 않나요?

봄에 무대에 올릴 연극에도 출연하게 되었어요. 「뜻대로 하세요」 야외 공연이에요. 저는 로절린드의 친사촌 실리아를 연기할 거예요.

그리고 마지막으로, 줄리아와 샐리와 저는 다음 주 금요일에 봄맞이 쇼핑을 하러 뉴욕에 가서, 다음 날 '저비 도련님'과 극장에 갈 거예요. 그분이 우리를 초대하셨어요. 줄리아는 집에서 가족과 지내겠지만, 샐리와 저는 마사 워싱턴 호텔에 묵을 거예요. 이렇게 설레는 일이 또 있을까요? 여태껏 호텔에 가본 적도, 극장에 가본 적도 없어요. 딱 한 번 성당에서 축제를 열어 고아들을 초대한 적이 있지만 그건 진짜 연극이 아니니 제외해야 해요.

또 우리가 무슨 공연을 보는지 아세요?「햄릿」이에요. 생각해보세요! 4주 동안 셰익스피어 수업에서 그 작품을 공부했으니, 외울 정도로 잘 아는데 말이에요.

기대감으로 너무 설레서 도무지 잠을 이룰 수가 없어요.

안녕히 계세요, 아저씨.

여긴 정말 즐거운 세상이에요.

아저씨의 벗

주디 올림

• 추신 •

좀 전에 달력을 봤어요. 28일이네요.

추신 하나 더.

오늘 전차 차장을 봤는데, 한쪽 눈이 갈색이고 다른 쪽은 파란색이었어요. 탐정소설에 등장하면, 멋진 악당이 될 것 같죠?

4월 7일

키다리 아저씨께

맙소사! 뉴욕이 이렇게 크다니! 여기 비하면 우스터는 아무것도 아니에요. 아저씨가 정말로 이렇게나 복잡한 곳에서 사신다고요? 이틀 동안 경험한 이 어리둥절한 기분에서 벗어나려면, 몇 달도 모자랄 지경이에요. 제가 본 여러 멋진 광경 중에서 무엇부터 말씀드려야 할지 모르겠어요. 아저씨는 여기 사시니 아시겠지만요.

하지만 거리들이 정말 흥미롭지 않나요? 사람들은요? 상점은요? 진열창 안 물건들처럼 아름다운 것들은 처음 봐요. 옷을 입는 데만 일생을 바치고 싶어지더군요.

샐리와 줄리아와 저는 토요일 아침에 함께 쇼핑을 했어요. 줄리아는 제가 본 중 가장 화려한 상점에 들어갔는데, 흰색과 금색 벽에 푸른 양탄자와 푸른 실크 커튼, 금빛 의자로 꾸민 곳이었죠. 바닥에 끌리는 긴 검정 실크 드레스를 입은 완벽하게 아름다운 금발 여인이 환영의 웃음을 띤 채 우리를 맞으러 나왔어요. 저는 사교 차원에서 방문한 줄 알고 악수를 하려 했지만, 그냥 모자를 사러 간 것뿐이었나 봐요. 적어도 줄리아는 그랬어요. 줄리아는 거울 앞에 앉아서 열 개가 넘는 모자를 써보았는데, 쓸 때마다 저번 것보다 더 예쁜 모자가 나왔고, 결국 그중 가장 예쁜 모자 두 개를 샀죠.

가격부터 고려하지 않고, 거울 앞에 앉아 아무 모자나 마음대로 골라 사는 것보다 인생에서 더 큰 즐거움이 있을까요! 틀림없어요, 아저씨. 뉴욕은 존 그리어 보육원이 그토록 끈기 있게 길러낸, 제 훌륭하고 금욕적인 기질을 금세 좀먹고 말 거예요.

쇼핑을 끝내고 우리는 '셰리스'라는 식당에서 저비 도련님을 만났어요. 셰리스에 가보셨겠죠? 그 식당 풍경을 생각해보세요. 그다음 물이 스며들지 않는 식탁보가 덮인 식탁, 절대 깨뜨리면 안 되는 흰 사기그릇, 나무 손잡이가 달린 칼과 포크가 놓인 존 그리어 보육원의 식당 풍경을 생각해보세요. 그리고 제 기분이 어땠을지 상상해보세요!

저는 생선 요리용 포크 말고 다른 포크로 생선을 먹었지만, 웨이터가 아주 친절하게도 생선용 포크를 건네줘서 아무도 눈치채지 못했어요.

점심을 먹고 나서는 극장에 갔어요. 믿을 수 없을 만큼 눈이 부시고, 경이로웠어요. 매일 밤 꿈에 그 극장이 나온답니다.

셰익스피어는 정말 대단하지 않나요?

「햄릿」은 수업 시간에 분석할 때보다 무대 위에서 볼 때가 훨씬 멋져요. 전에도 훌륭한 작품이라고 생각했지만 지금은, 정말이지, 참!

아저씨가 괜찮다고 하시면, 전 작가보다는 배우가 될까 생각 중이에요. 대학을 그만두고 연극 학교에 입학하면 좋을 것 같지 않나요? 그러면 아저씨께 제가 등장하는 모든 공연의 특별석 표를 보내드리고, 무대 저편에서 아저씨를 향해 미소를 보낼게요. 정장 단춧구멍에 붉은 장미 한 송이만 꽂아두세요. 제가 반드시 아저씨에게 미소를 보낼 수 있도록 말이에요. 다른 사람을 고른다면, 몹시 당황스러운 실수가 되겠네요.

우리는 토요일 밤에 돌아왔고, 기차에서 저녁을 먹었는데 작은 식탁에 분홍색 램프를 켜두었고 흑인 웨이터들도 있더군요. 기차에서 식사를 제공한다는 말은 들어본 적이 없어서, 무심코 그 말을 입 밖으로 꺼내고 말았어요.

줄리아가 물었어요.

"대체 넌 어디에서 자란 거니?"

저는 순순히 대답했죠.

"작은 마을에서."

줄리아가 물었어요.

"하지만 여행도 안 해봤니?"

제가 말했어요.

"대학에 올 때가 처음이었어. 그때도 이동 거리가 250킬로미터밖에 안 돼서 식사할 일이 없었어."

이렇게 이상한 말을 해대니, 줄리아는 저에게 점점 더 흥미가 생기나 봐요. 그러지 않으려고 애쓰는데도, 놀랄 때마다 그런 말이 튀어나와요. 그리고 저는 거의 모든 게 놀라워요. 아저씨, 존 그리어 보육원에서 18년을 보내고 나서 갑자기 '세상'으로 내던져지는 건 아찔한 경험이에요.

하지만 익숙해지고 있어요. 전처럼 끔찍한 실수는 저지르지 않아요. 이제는 다른 학생들을 거북하게 여기지도 않아요. 전에는 사람들이 저를 쳐다보면 당황스러웠어요. 제 가짜 새 옷 너머에 있는 바둑판무늬 무명옷을 곧장 꿰뚫어보는 것 같았죠. 하지만 이제는 바둑판무늬 옷 때문에 괴롭진 않아요. 어제의 괴로움은 어제로 족하니까요.

꽃에 대해 말씀드린다는 걸 깜빡했네요. 저비 도련님이 우리 각자에게 제비꽃과 은방울꽃이 섞인 커다란 꽃다발을 보내주었답니다. 정말 다정한 분 아닌가요? 후원회 이사님들의 행동 때문에, 남자를 그다지 좋아하지 않았어요. 하지만 생각이 바뀌고 있어요.

무려 열한 장이나 되지만…… 편지라면 이 정도는 되어야죠! 용기를 내세요. 이제 그만 쓸게요.

아저씨의 변함없는 벗
주디 올림

4월 10일

부자 아저씨께

50달러짜리 수표를 돌려드립니다. 무척 감사하지만, 받을 수 없습니다. 모자가 필요하면, 보내주시는 용돈으로 충분히 살 수 있습니다. 모자 상점에 대해 시시껄렁한 이야기를 늘어놓아서 죄송합니다. 그런 광경을 처음 봐서 그랬던 것뿐입니다.

어쨌든 저는 구걸한 게 아닙니다! 필요 이상의 자선은 받고 싶지 않습니다.

제루샤 애벗 올림

4월 11일

사랑하는 아저씨께

어제 그런 편지를 쓴 저를 용서해주시겠어요? 편지를 부친 뒤에 후회하면서 되찾으려 했지만, 그 고약한 우체국 직원이 돌려주지 않겠다는 거예요.

지금은 한밤중이에요. 몇 시간 동안 잠 못 이루며 제가 끔찍한 벌레 같다는, 다리가 천 개 달린 벌레 같다는 생각을 하고 있어요. 이게 제가 할 수 있는 가장 심한 욕이에요! 줄리아와 샐리를 깨우지 않으려 공부방으로 통하는 문을 아주 조용히 닫고, 침대에 앉아 역사 공책에서 찢어낸 종이에다 아저씨에게 편지를 씁니다.

수표 때문에 그렇게 무례하게 굴어서 죄송하다는 말씀을 드리고 싶어요. 호의로 베푸신 행동이었다는 사실도 알고, 아저씨가 모자처럼 바보 같은 물건마저도 마음 써주시는 좋은 분이라고 생각해요. 훨씬 정중하게 돌려드렸어야 했어요.

하지만 어쨌든 그 수표는 돌려드릴 수밖에 없었어요. 저는 다른 아이들과는 상황이 달라요. 다른 아이들은 사람들에게 자연스럽게 선물을 받을 수 있어요. 아버지와 오빠, 이모, 삼촌이 있으니까요. 하지만 저는 누구와도 그런 관계일 수가 없어요. 아저씨가 제 가족이라고 상상하는 게 즐겁긴 하지만, 그건 그냥 재미 삼아 하는 생각이고 현실은 그렇지 않다는 걸 알고 있어요. 사실은 혼자서 벽에 등을 대고 세상과 싸워야 해요. 생각하면 숨이 턱 막히는 기분이 들어요. 그런 생각을 떨쳐버리고 계속 안 그런 척하죠. 하지만 모르시겠어요, 아저씨? 저는 필요 이상으로 돈을 받을 수 없어요. 언젠가는 갚아드리고 싶은데, 제 뜻대로 위대한 작가가 된다고 해도 빚이 어마어마하다면 감당하지 못할 거예요.

저는 예쁜 모자와 다른 것들을 좋아하지만 그런 것 때문에 미래를 저당 잡힐 수는 없어요.

그토록 무례했던 저를 용서해주실 거죠? 저는 생각이 떠오르자마자 충동적으로 편지를 쓴 다음, 돌이킬 수 없게 부쳐버리는 끔찍한 습관이 있어요. 하지만 가끔 철없고 배은 망덕한 사람처럼 보일지 몰라도 진심은 아니에요. 아저씨가 저에게 주신 이 생활과 자유와 독립을 마음 깊이 늘 감사하고 있어요. 제 어린 시절은 길고 음침한 반항기에 불과했지만, 이제는 매일 매 순간이 무척 행복해서, 이게 사실인지 믿을 수가 없어요. 소설에 등장하는, 꾸며낸 주인공이 된 기분이에요.

새벽 두 시 십오 분이에요. 이제 밖으로 살금살금 나가서 이 편지를 부칠 거예요. 저번 편지가 도착한 다음에 바로 이 편지를 받으시겠죠. 그러니 저를 나쁘게 생각하실 시간이 아주 길진 않을 거예요.

안녕히 주무세요, 아저씨.
언제나 아저씨를 사랑해요.
주디 올림

키다리 아저씨께

　　지난 토요일은 운동회를 했어요. 굉장한 행사였답니다. 우선 전교생이 흰색 리넨 옷을 입고 행진을 했는데, 4학년은 파란색과 금색이 어우러진 일본 우산을 들었고, 3학년은 흰색과 노란색 깃발을 들었어요. 우리 학년은 진홍색 풍선을 들었죠. 아주 매력적이었는데, 줄이 풀려 하늘로 날아가 버리곤 했기 때문에 특히 그랬어요. 1학년은 얇은 종이로 만든 초록색 모자를 썼는데, 모자에 긴 리본이 달려 있었어요. 마을에서 파란색 제복을 입은 밴드도 불러왔죠. 또 서커스 광대처럼 익살맞은 사람들 10여 명이 행사 사이사이에 관객을 줄곧 즐겁게 해주었어요.

　　줄리아는 뚱뚱한 시골 남자로 변장했는데, 헐렁한 면 외투를 입고 구레나룻을 붙이고 불룩한 우산을 들었어요. 키 크고 호리호리한 패치 모리어티(실제로는 패트리샤예요. 그런 이름 들어보셨어요? 리펫 원장님도 이보다 어색한 이름은 찾지 못했을 거예요)는 줄리아의 아내 역할로, 한쪽 귀를 덮는 우스꽝스러운 녹색 보닛을 썼죠. 두 사람이 행진하는 곳마다 웃음이 파도처럼 쏟아졌어요. 줄리아는 그 역할을 정말 훌륭하게 해냈어요. 펜들턴 가문 사람에게 희극적 기질이 다분할 줄은 꿈에도 몰랐어요. 저비 도련님에게는 미안한 말이지만요. 하지만 그분을 진짜 펜들턴 가문 사람이라고 생각하지 않아요. 아저씨를 이제는 진짜 후원회 이사님으로 여기지 않는 것처럼 말이에요.

셀리와 저는 경기에 나가느라 행렬에 참여하지 않았어요. 그런데 어떻게 되었는지 아세요? 우리 둘 다 우승했어요! 적어도 어느 종목에서는요. 우리는 멀리뛰기에 출전했다가 졌어요. 하지만 셀리는 장대높이뛰기에서 220센티미터 기록으로 우승했고, 저는 50미터 달리기에서 8초를 기록하며 우승했어요.

마지막에는 몹시 헐떡거렸지만, 학년 전체가 풍선을 흔들며 소리쳐 응원해주는 건 무척 재미있었어요.

왜 저러지 주디 애벗이?

끄떡없어.

누가 끄떡없어?

주디 애벗!

아저씨, 진짜 인기가 대단했어요. 경기 후에 탈의실 천막으로 달려갔더니, 알코올로 몸을 닦아주고 레몬을 빨아먹으라고 주더라고요. 아시겠지만 진짜 프로 선수처럼 말이에요. 가장 많은 우승을 거둔 학년이 그해의 우승컵을 차지하기 때문에, 한 종목에서라도 우승하는 게 해당 학년에 좋은 일이랍니다. 올해에는 4학년이 명예롭게도 일곱 종목에서 우승을 거두고 우승컵을 차지했어요. 운동회 운영진이 우승자 전원에게 체육관에다 저녁 식사를 차려주었어요. 껍데기를 바삭하게 튀긴 게와 농구공 모양 초콜릿 아이스크림을 먹었답니다.

50미터 달리기에서
우승하는 주디

어젯밤에는 『제인 에어』를 읽느라 밤을 반쯤 새웠어요. 아저씨, 아저씨는 60년 전이 기억날 정도로 나이가 많으신가요? 그렇다면, 사람들이 정말 그런 식으로 대화를 했나요?

거만한 블랑쉬 아가씨는 하인에게 "이 악당 같은 놈, 잡담은 그만두고 내 명령에 따르도록 해"라고 말해요. 로체스터 씨는 하늘을 금속 창공이라고 표현하고요. 또 미친 여자는 하이에나처럼 웃음을 터뜨리고, 침대 커튼에 불을 지르고, 면사포를 찢고 물어뜯기까지 해요. 순전히 멜로드라마에 불과한데, 그런데도 자꾸만 읽고 또 읽게 돼요. 젊은 아가씨가, 특히 교회 경내에서만 자란 아가씨가 어떻게 그런 책을 쓸 수 있었는지 모르겠어요. 브론테 자매에게는 저를 매혹시키는 뭔가가 있어요. 그들의 책, 삶, 그들의 정신. 어디에서 얻은 걸까요? 어린 제인이 자선 학교에서 어려움을 겪는 부분을 읽다가는, 너무 화가 나서 밖으로 나가 산책을 해야 했어요. 제인의 심정을 정확히 이해할 수 있었어요. 리펫 원장님을 알기 때문에, 브로클허스트 씨가 어떤 사람일지 알 수 있었죠.

화내진 마세요, 아저씨. 존 그리어 보육원이 로우드 자선 학교 같다는 생각을 내비칠 의도는 없어요. 보육원에서는 잘 먹고 잘 입었고, 씻을 물도 충분했고, 지하실에 난로도 있었어요. 하지만 무섭도록 비슷한 부분이 하나 있었어요. 생활이 완전히 단조롭고, 특별한 일이 하나도 없었다는 점이에요. 토요일에 아이스크림 먹는 것을 빼고 멋진 일은 결코 일어나지 않는데, 그조차도 정기적인 행사였어요. 그곳에서 지낸 18년 동안 뜻밖의 사건은 딱 한 번 벌어졌어요. 장작 헛간에 불이 났을 때예요. 불이 보육원 건물에 옮겨붙을까 봐 밤중에 모두 일어나 옷을 입어야 했어요. 하지만 불은 옮겨

붙지 않았고, 우리는 다시 잠자리에 들었어요.

모두가 가끔씩은 뜻밖의 일이 일어나기를 바라죠. 완전히 자연스러운, 인간적 욕구예요. 하지만 리펫 원장님이 저를 사무실로 불러 존 스미스 씨가 대학에 보내주실 거라는 소식을 전할 때까지 저에게는 그런 일이 한 번도 일어나지 않았어요. 그때도 원장님이 그 소식을 너무 찔끔찔끔 전해주어서, 제대로 놀라지도 못했어요.

아시겠지만, 아저씨, 저는 인간에게 가장 필요한 자질이 상상력이라고 생각해요. 상상력이 있으면 다른 사람의 입장을 헤아려볼 수 있으니까요. 다른 사람들을 친절하게 대하고, 공감하고, 이해할 수 있게 해주죠. 아이들에게 상상력을 길러줘야 해요. 하지만 존 그리어 보육원은 상상력이 아주 조금이라도 싹을 틔우면 즉시 짓밟아버렸어요. 오직 의무감이라는 자질만 장려했죠. 제 생각에 아이들은 그 단어의 뜻을 알 필요가 없어요. 끔찍하고 혐오스러운 단어니까요. 아이들은 무슨 행동이건 애정 어린 마음으로 해야 해요.

제가 어떤 보육원의 원장이 될지 두고 보세요! 잠자리에 들기 전에 즐겨 하는 놀이예요. 아주 사소한 부분까지도 계획한답니다. 식사와 옷, 공부, 오락 그리고 체벌까지. 제 보육원에서 가장 뛰어난 아이들도 가끔은 잘못을 저지르니까요.

하지만 어쨌든 그 아이들은 행복할 거예요. 어른이 되어 수많은 어려움을 겪더라도, 훗날 되돌아볼 행복한 어린 시절이 누구에게나 반드시 있어야 한다고 생각해요. 그리고 저에게 자녀가 생긴다면, 제가 아무리 불행하더라도 그 아이들이 어른이 될 때까지는 어떤 근심 걱정도 없게 해줄 거예요.

　　(예배 종이 울려요. 이 편지는 조만간 마무리할게요.)

목요일
◇◇◇◇◇◇◇◇◇

오늘 오후 실험실에서 방으로 돌아왔는데 다람쥐 한 마리가 차 마시는 탁자에 앉아 아몬드를 먹고 있더라고요. 요즘 날씨가 풀려서 창문을 열어두었더니, 이런 손님들을 맞이하게 되네요.

"친애하는 지네 부인, 각설탕을
한 개 넣을까요, 두 개 넣을까요?"

토요일 아침

어젯밤은 금요일이었고 오늘은 수업이 없으니, 아저씨는 제가 상금으로 산 스티븐슨 전집을 읽으며 멋지고 조용한 저녁 시간을 보냈다고 생각하시겠죠? 하지만 그렇게 생각하신다면, 여자 대학을 다녀보지 못하셔서 그런 거예요, 아저씨. 친구들 여섯이 퍼지를 만들겠다고 찾아왔는데, 그중 한 친구가 아직 끈적거리는 퍼지를 우리가 가장 좋아하는 양탄자 한가운데에 떨어뜨렸어요. 그 얼룩은 절대 지워지지 않을 거예요.

최근에는 수업 이야기를 전혀 하지 않았네요. 하지만 여전히 매일 수업을 듣고 있어요. 그래도 수업에서 벗어나 인생에 대해 폭넓게 이야기하는 것도 안도감을 준답니다. 아저씨와 저의 토론은 다소 일방적이지만, 그건 아저씨 잘못이에요. 원하시면 언제든지 답장을 주셔도 돼요.

이 편지를 사흘 동안 쓰다 말다 했네요. 지금쯤 지루해하실까 봐 걱정이 되는군요.

안녕히 계세요, 친절한 아저씨.
주디 올림

키다리 스미스 아저씨께

　귀하, 논증법과 논제 분류법을 모두 배웠기에, 편지 쓰기에 다음과 같은 형태를 적용하기로 하였습니다. 필요한 사실은 모두 포함하되 장황한 사족은 전무합니다.

I. 　금주 필기 시험

　A. 화학

　B. 역사

II. 　새 기숙사 건축

　A. 자재

　　(a) 붉은 벽돌

　　(b) 회색 돌

　B. 수용 인원

　　(a) 사감 1인, 강사 5인

　　(b) 학생 200인

　　(c) 관리인 1인, 요리사 3인, 사환 20인, 청소 담당자 20인

III. 오늘 밤 후식으로 정킷(우유, 설탕, 향신료를 넣고 응고시켜 젤리처럼 만든 디저트 – 옮긴이)을 먹음.

IV. 셰익스피어 희곡의 출전에 대해 특별 논문 작성 중.

V. 　오늘 오후 농구 시합 중 루 맥마흔이 미끄러져 넘어

진 결과:

    A. 어깨 관절 탈골

    B. 무릎 타박상

VI. 새로 산 모자의 장식

    A. 파란색 벨벳 리본

    B. 파란색 깃 두 개

    C. 빨간색 방울 세 개

VII. 현재 시각 9시 30분.

VIII. 안녕히 주무세요.

주디 올림

6월 2일

키다리 아저씨께

　좀 전에 얼마나 멋진 일이 일어났는지, 아마 짐작도 못하실 거예요. 맥브라이드 가족이 저에게 애디론댁산맥에 있는 캠프장에서 함께 여름을 보내자고 했어요! 숲속 한가운데 작고 아름다운 호수가 있고 그 호숫가에 어떤 클럽이 있는데, 맥브라이드 가족이 거기 회원이래요. 회원들은 저마다 숲속 여기저기에 흩어진 통나무집을 가지고 있고, 호수에서 카누를 타기도 하고 다른 캠프장까지 오솔길을 따라 긴 산책도 하고, 일주일에 한 번은 클럽하우스에서 댄스파티를 연대요. 지미 맥브라이드의 친구 한 명도 와서 여름 방학 며칠간을 보낼 거라고 하니, 함께 춤출 남자가 많다는 뜻이죠.

저를 초대해주시다니 맥브라이드 부인은 참 친절하시지 않나요? 그 집에서 크리스마스를 보낼 때, 제가 마음에 드셨나 봐요.

짧게 쓰는 걸 용서해주세요. 이건 진짜 편지가 아니에요. 그저 여름 방학 때 어떻게 할지 알려드리려고 쓴 거예요.

아주 흡족한 마음으로,
아저씨의 벗
주디 올림

6월 5일

키다리 아저씨께

아저씨의 비서가 쓴 편지가 좀 전에 도착했는데, 스미스 씨는 제가 맥브라이드 부인의 초대를 받아들이지 않고 작년

여름처럼 록 윌로로 가기를 바라신다는 내용이네요.

왜, 왜, 왜요, 아저씨?

아저씨는 그게 어떤 의미인지 모르세요. 맥브라이드 부인은 제가 오기를 진심으로, 정말로 원해요. 저는 그 댁에 조금도 폐를 끼치지 않아요. 도움이 되죠. 맥브라이드 가족은 하인을 많이 데려가지 않아서, 샐리와 저는 많은 부분에서 쓸모가 있어요. 저에게는 살림을 배울 좋은 기회이기도 하죠. 누구나 살림을 잘 알아야 하는데, 저는 보육원 살림밖에 모르니까요.

캠프장에는 제 또래 여자아이가 없어서, 맥브라이드 부인은 제가 샐리의 친구가 되어주기를 바라세요. 우리는 함께 많은 책을 읽을 계획이에요. 내년에 배울 영문학과 사회학 책도 모두 읽을 거예요. 교수님이 여름 방학 동안 책을 모두 읽어두면 큰 도움이 될 거라고 하셨거든요. 둘이 함께 읽고 이야기를 나누면, 기억하기도 훨씬 쉽고요.

샐리의 어머니와 한집에서 지내는 것만으로도 배울 게 많아요. 그분은 세상에서 가장 재미있고, 유쾌하고, 다정하고 매력적인 여성이니까요. 모르시는 게 없답니다. 제가 리펫 원장님과 얼마나 많은 여름을 보냈는지, 제가 그 반대인 상황에 얼마나 감사할지 생각해보세요. 저 때문에 공간이 부족할까 봐 걱정하실 필요도 없어요. 그 집은 고무로 만들어졌거든요.

사람이 많아지면 숲 여기저기에 텐트를 치고 젊은 남자들을 밖으로 보낸대요. 매 순간 야외에서 활동하는 아주 멋지고 건강한 여름이 될 거예요. 지미 맥브라이드가 저에게 말 타는 법과 카누 젓는 법과 총 쏘는 법과…… 아무튼 제가 알아야 할 많은 것을 가르쳐줄 테죠. 제가 경험해보지 못한 멋지고 유쾌하고 근심 걱정 없는 시간이에요. 그리고 제 생각에 모든 여자아이는 평생 한 번은 그런 시간을 보낼 자격이 있어요. 물론 아저씨가 말씀하시는 대로 하겠지만, 제발, 제발, 가게 해주세요, 아저씨. 뭔가를 이토록 간절히 원한 적이 없어요.

지금 이 편지를 쓰는 사람은 미래의 위대한 작가 제루샤 애벗이 아니에요.

그냥 평범한 여자아이, 주디예요.

6월 9일

존 스미스 씨께

이사님, 이달 7일에 보내신 편지, 막 받았습니다. 비서를 통해 받은 지시를 이행하고자, 다음 금요일에 여름을 보내러록 윌로 농장으로 떠납니다.

언제나 이대로이고 싶은

제루샤 애벗 (양)

록 윌로 농장에서
8월 3일

키다리 아저씨께

　편지를 쓴 지 두 달 가까이 되었네요. 좋은 행동이 아니었다는 것은 알지만, 올여름에는 아저씨를 많이 사랑하지 않았습니다. 제가 솔직하게 말씀드린다는 것을 아시겠죠!

　맥브라이드 가족의 캠프장을 포기해야 했을 때 얼마나 실망했는지, 상상도 못 하실 거예요. 물론 아저씨께서 후견인이고 저는 무슨 일이든지 아저씨의 희망 사항을 존중해야 한다는 사실을 알지만, 도무지 이유를 알 수가 없었습니다. 제가 아저씨였다면 그리고 아저씨가 주디였다면, 저는 이렇게 말했을 겁니다. "잘됐구나, 애야, 그곳에 가서 즐거운 시간을 보내렴. 새로운 사람들을 많이 만나고 새로운 것을 많이 배워라. 1년 동안 또 열심히 공부해야 하니, 야외에서 지내며 휴식도 취하고, 건강하고 튼튼해지렴."

　하지만 그런 말씀은 전혀 없었어요! 그저 비서를 통해

무뚝뚝한 말 한 줄로 록 윌로에 가라고 지시하셨죠.

제가 속상한 점은 아저씨의 명령에 인간적인 느낌이 전혀 없었다는 사실입니다. 제가 아저씨를 생각하듯이 눈곱만큼이라도 저를 위하는 마음이 있었다면, 가끔 직접 쓰신 편지를 보내셨겠지요. 비서가 타자기로 친 그 불쾌한 쪽지들 대신에 말이에요. 아저씨가 저에게 관심이 있다는 기미가 조금이라도 보인다면, 저는 아저씨를 기쁘게 해드리려고 무슨 일이든지 할 겁니다.

상냥하고 길고 자세한 편지를 쓰되 답장은 기대하지 않기로 합의했다는 사실은 압니다. 아저씨는 합의 사항 중 아저씨의 몫, 즉 저를 교육시키는 부분을 잘 감당하고 계십니다. 아마 아저씨는 제가 제 몫은 잘 감당하지 않는다고 생각하시겠죠!

하지만 아저씨, 이런 합의 사항은 지키기가 힘들어요. 정말이에요. 저는 지독히도 외로워요. 제가 좋아할 사람은 아저씨뿐인데, 아저씨는 그림자처럼 희미합니다. 제가 만들어낸 가상 인물에 불과하죠. 어쩌면 진짜 아저씨는 제 상상 속 모습과 조금도 비슷하지 않을지도 모르겠습니다. 하지만 한 번, 제가 아파서 입원했을 때, 카드를 보내주셨잖아요. 아무도 기억해주지 않는 사람이 되었다는 기분에 사로잡힐 때면, 지금도 그 카드를 꺼내 다시 읽는답니다.

원래 말씀드리려던 내용에서 벗어난 것 같군요. 원래는 이런 말씀을 드리고 싶었습니다.

상처받은 마음은 아직 회복되지 않았어요. 독단적이고 위압적이고 부당하고 전능하고 눈에는 보이지 않는 신에게 우연히 발견되어, 이리저리 끌려다니는 건 굉장한 굴욕이니까요. 그래도 아저씨가 그동안 저를 대하셨던 모습대로 친절하고 관대하고 사려 깊은 분이라면, 원할 경우 독단적이고 위압적이고 눈에 보이지 않는 신이 될 권리가 있겠다는 생각이 듭니다. 그러니…… 아저씨를 용서하고 다시 즐겁게 지낼 거예요. 그래도 캠프장에서 재미있는 시간을 보내고 있다는 샐리의 편지를 받을 때면 기분이 좋지는 않아요.

그렇지만, 그 일은 묻어두고 다시 시작하기로 해요.

올여름에는 줄곧 글을 쓰고 있습니다. 단편소설 네 편을 써서 잡지사 네 곳에 보냈어요. 보시다시피 저는 작가가 되려고 애쓰고 있어요. 저비 도련님이 비 오는 날 놀이방으로 삼았던 다락방 한 귀퉁이를 제 작업실로 씁니다. 두 지붕 창에서 시원한 바람이 솔솔 들어오고, 단풍나무가 그늘을 드리우는 곳이죠. 그 단풍나무 구멍에는 붉은 날다람쥐 가족이 살아요.

며칠 안에 좀 더 괜찮은 편지로 농장 소식을 전해드리겠습니다.

농장에 비가 와야 할 텐데 말이에요.

아저씨의 변함없는 벗

주디 올림

8월 10일

키다리 아저씨께

　　아저씨, 저는 지금 목초지 연못가 버드나무의 두 번째 가지에 앉아 이 편지를 씁니다. 밑에서는 개구리가 개굴거리고 위에서는 매미가 노래하며, 작은 동고비 두 마리가 파드닥파드닥 나무줄기를 오르락내리락해요. 저는 여기서 한 시간째 머물고 있습니다. 나뭇가지가 참 편안한데, 소파 쿠션 두 개를 깔고 앉았더니 더 편해졌어요. 불멸의 단편소설을 쓰겠다며 펜과 메모장을 가지고 이곳으로 왔는데, 여주인공 때문에 끔찍한 시간을 보냈습니다. 제 뜻대로 따라와 주질 않았거든요. 그래서 잠시 주인공을 내버려 두고 아저씨에게 편지를 쓰고 있어요. (하지만 큰 위안이 되지는 않네요. 아저씨도 제 뜻대로 따라와 주시질 않으니까요.)

　　아저씨가 지금 그 끔찍한 뉴욕에 계신다면, 산들바람이

148

부는 이 아름답고 청명한 풍경을 조금 보내드리고 싶습니다. 일주일 동안 비가 온 뒤라 천국 같아요.

천국 이야기가 나와서 말인데, 작년 여름에 말씀드린 켈로그 씨 기억하세요? 사거리에 있는 작고 하얀 교회의 목사님 말이에요. 그 가여운 분이 지난겨울 폐렴으로 돌아가셨다는군요. 저는 여섯 번 정도 그분 설교를 들었고, 그분의 신학을 아주 잘 알게 되었습니다. 그분은 처음 믿었던 것을 마지막까지 그대로 믿었어요. 제가 보기에 47년 동안 작은 부분도 바꾸지 않고 쭉 같은 생각을 유지할 수 있는 사람은 천연기념물처럼 장식장에 넣어둬야 해요. 그분이 금관을 쓰고 하프를 연주하며 즐거운 시간을 보내고 계시길 바라요. 그렇게 지낼 거라고 조금도 의심하지 않고 믿으셨으니! 그분 대신 젊고 젠체하는 목사님이 새로 왔어요. 신도들, 특히 커닝스 집사님이 이끄는 무리가 꽤 수상쩍은 분위기를 풍깁니다. 교회가 끔찍하게 분열될 듯해요. 이 동네 사람들은 종교 개혁을 좋아하지 않거든요.

비가 오는 일주일 동안, 저는 다락방에 앉아서 독서에 심취했어요. 대부분은 스티븐슨(스코틀랜드 태생의 소설가 로버트 루이스 스티븐슨. 대표작으로 『보물섬』, 『지킬 박사와 하이드』가 있다 - 옮긴이)의 책을 읽었죠. 작가인 스티븐슨이 그의 소설에 등장하는 어떤 인물들보다 더 흥미로워요. 책에 등장해도 좋을 주인공처럼 살았던 모양이에요. 아버지가 남겨준 1만 달러를 전부 요트 사는 데 쓰고 남태평양으로 항해를 떠나다니, 정말 이상적이지 않나요? 그는 모험을 즐기는 자신의 신념에 따라 살았답니다. 저도 아버지에게 1만 달러를 유산으로 받았다면 그렇게 했을 거예요. 베일리마(스티븐슨이 남태평양 사모아섬에 지은 저택-옮긴이)를 생각하면 마음이 쿵쾅거립니다. 열대지방을 보고 싶어요. 온 세상을 보고 싶어요. 언젠가는 그렇게 할 거예요. 정말이에요, 아저씨. 위대한 작가나 화가, 아니면 배우나 극작가나 뭐든 간에 훌륭한 사람이 되면 말이에요. 제겐 심한 방랑벽이 있어요. 지도를 보기만 해도, 모자를 쓰고 우산을 들고 떠나고 싶어집니다.

"내 죽기 전에 남쪽의 야자수와 사원을 반드시 보리라."(영국 시인 앨프리드 테니슨이 1842년에 발표한 시 「그대 내게 괴롭게 묻네You ask me, why, though ill at ease」의 마지막 행-옮긴이)

목요일 해질 녘
문간에 앉아

이번 편지에는 새 소식을 담기가 무척 어렵네요! 최근 주디는 굉장히 철학적인 사람이 되어서, 시시콜콜한 일상보다는 세상 전반에 대해 널리 논하고 싶어한답니다. 하지만 새 소식을 반드시 들으셔야 한다면, 말씀드릴게요.

지난주 화요일에 농장의 새끼 돼지 아홉 마리가 개울을 건너 달아났는데, 여덟 마리만 돌아왔습니다. 정당한 이유 없이 아무에게나 잘못을 덮어씌우고 싶지는 않지만, 혼자되신 다우드 부인에게 돼지가 평소보다 한 마리 더 생긴 것 같아 의심스러워요.

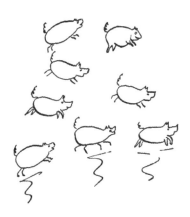

위버 씨는 헛간과 곡식 저장고 두 개를 샛노란 빛이 도는 호박색으로 칠했어요. 아주 흉한 색이지만, 위버 씨의 말로는 그 색이 오래간대요.

브루어 가족은 이번 주에 손님을 맞았습니다. 오하이오에서 브루어 부인의 여동생과 두 조카딸이 왔대요.

농장의 로드아일랜드레드종 암탉 한 마리가 알을 열다섯 개 낳았는데, 그중 셋만 부화했어요. 문제가 뭔지, 다들 전혀 알지 못해요. 제 생각에 로드아일랜드레드종은 아주 열등한 품종이에요. 저는 버프 오핑턴종이 더 좋습니다.

보니리그 사거리 우체국에 새로 온 직원이 무려 7달러어치 자메이카 생강액을 창고에서 꺼내 남김없이 마셔버린 후 발각되었어요.

아이라 해치 영감님은 류머티즘에 걸려서 더는 일을 못하시게 되었어요. 돈벌이가 좋던 시절에 저축을 해두지 않아서, 이제는 마을 사람들의 도움으로 살아야 해요.

다음 토요일 저녁에 학교 관사에서 아이스크림 파티가 있어요. 가족과 함께 오세요.

우체국에서 25센트짜리 모자를 새로 샀어요. 이게 가장 최근 제 모습입니다. 꼴을 긁어모으러 가는 길이죠.

너무 어두워져서 잘 보이지가 않네요. 어쨌든 더는 새로운 소식도 없어요.

안녕히 주무세요.

주디 올림

금요일

좋은 아침이에요! 즐거운 소식이 있어요! 뭔지 아시겠어요? 록 윌로에 누가 오는지 절대, 절대, 절대 짐작도 못 하실 거예요. 펜들턴 씨가 셈플 부인에게 편지를 보냈어요. 자동차로 버크셔 지역을 돌아다니다 지쳐서, 근사하고 조용한 농장에서 쉬고 싶다고, 아무 때나 저녁에 이 집 현관을 찾으면 방을 준비해줄 수 있느냐는 내용이었어요. 아마 일주일, 어쩌면 2주, 어쩌면 3주 동안 머물지도 몰라요. 여기 오면 이곳이 얼마나 평온한지 알게 될 테니까요.

농장은 지금 야단법석이에요. 집 전체를 청소하고, 커튼도 전부 빠는 중이에요. 아침에 저는 사거리에 가서 입구에

153

깔 물이 스며들지 않는 새 천, 복도와 뒤쪽 계단에 칠할 갈색 바닥용 페인트 두 통을 사올 거예요. 내일 다우드 부인이 와서 창문 청소를 해주기로 했어요(긴급 상황이니만큼, 새끼 돼지와 관련된 의심은 접어두기로 했어요). 이렇게 법석을 떨어대니, 아저씨는 이 집이 평소에 깨끗하지 않다고 생각하실 수도 있겠네요. 하지만 장담하는데, 깨끗해요! 셈플 부인에게 어떤 한계가 있든, 살림꾼인 건 확실하니까요.

하지만 남자들은 왜 그럴까요, 아저씨? 펜들턴 씨는 오늘 이 집 현관을 밟을지, 2주 뒤에 올지에 대해 눈곱만큼도 정보를 주지 않아요. 그분이 올 때까지, 우리는 끊임없이 숨죽인 채 지내야 해요. 그리고 그분이 서두르지 않는다면, 청소를 처음부터 싹 다시 해야 할지도 몰라요.

밑에서 아마사이가 그로버와 짐마차를 세워두고 기다리는 중이에요. 저 혼자 마차를 몰 거예요. 하지만 늙은 그로버를 보신다면, 제 안전에 대해서는 걱정하지 않으실 거예요.

늙은 그로버는
정말 안전해요.

가슴에 손을 얹고, 작별을 고합니다.

주디 올림

• 추신 •

마무리가 멋지지 않나요? 스티븐슨의 편지에서 가져온 표현이랍니다.

토요일

오늘도 좋은 아침이에요! 어제 집배원이 오기 전에 이 편지를 봉투에 넣어두지 않았던 바람에, 조금 더 덧붙이게 되었어요. 농장에는 매일 정오에 우편물이 도착해요. 시골에서 우편물 배달은 농부들에게 축복이에요! 이곳 집배원은 편지만 배달하는 게 아니라, 한 건당 5센트를 받고 마을에서부터 심부름을 해준답니다. 어제는 10센트를 받고 저에게 구두끈과 콜드크림 한 통(새 모자를 사기 전에 코가 햇볕에 그을려 다 벗겨졌어요), 파란색 윈저 타이(폭이 넓은 타이 - 옮긴이), 구두약 한 통을 사다 주었어요. 제가 여러 가지를 주문했다는 걸 생각하면, 특별히 싼값에 해준 거예요.

집배원은 넓은 세상에서 일어나는 일도 전해줘요. 배달

155

구역에 있는 몇몇 사람이 일간지를 구독하는데, 돌아다니면서 그 내용을 읽고는 신문을 구독하지 않는 사람들에게 내용을 들려주는 거예요. 그러니 혹시 미국과 일본 사이에 전쟁이 터지거나, 대통령이 암살되거나, 록펠러 씨가 존 그리어 보육원에 100만 달러를 남기더라도, 아저씨가 굳이 편지로 알려주실 필요가 없습니다. 어차피 저도 소식을 듣게 될 테니까요.

저비 도련님이 올 기미는 아직 보이지 않아요. 하지만 집이 얼마나 깨끗한지 아저씨도 보셔야 해요. 그리고 집 안으로 들어오기 전에 우리가 얼마나 걱정스럽게 신발에 묻은 흙을 닦는지도!

펜들턴 씨가 빨리 오면 좋겠어요. 대화 상대가 절실하거든요. 솔직히 셈플 부인은 약간 지루해요. 순조롭게 흘러가는 대화에 다른 의견이 끼어드는 걸 용납하지 않거든요. 여기 사람들의 이상한 특징이에요. 그 사람들의 세상은 이 언덕 꼭대기 하나뿐이에요. 무슨 뜻인지 아실지 모르겠지만, 세상에 전혀 관심이 없어요. 존 그리어 보육원과 똑같아요. 그곳에서 우리의 생각은 사방 철책에 갇혀 있었어요. 다만 그때는 더 어리고 몹시 바빠서, 그다지 신경 쓰지 않았죠. 침대를 다 정리하고, 아이들의 얼굴을 씻기고, 학교에 갔다가 돌아와서 다시 아이들 얼굴을 씻기고, 아이들 양말을 꿰매고, 프레디 퍼킨스의 바지를 수선하고(하루도 빠짐없이 바지를 찢어놓았어요), 틈틈이 공부를 하고 나면, 어느덧 잠자리에 들 시간이라 사람들과의 교제가 부족하다는 사실을 생각할 겨를이 없었어요. 하지만 이야기하기 좋아하는 학생들과 2년 동안 대학 생활을 하고 나니, 대화가 정말 그립습니다. 그러니 저와 말이 통하는 누군가를 만나면 반가울 거예요.

이제는 이야기를 다 한 것 같아요, 아저씨. 당장은 다른 내용이 떠오르지 않네요. 다음번에는 좀 더 긴 편지를 써볼 게요.

아저씨의 변함없는 벗

주디 올림

• 추신 •

올해는 상추 농사가 신통치 않아요. 초여름에 너무 가물었던 탓이에요.

8월 25일

아저씨, 저비 도련님이 도착했어요. 그리고 우린 정말 즐거운 시간을 보내고 있어요! 적어도 저는 그래요. 그리고 그분도 마찬가지인 것 같아요. 여기 온 지 열흘이 되었는데, 돌아가려는 기미가 전혀 보이지 않으니까요. 셈플 부인이 그분을 애지중지하는 모습은 보기 민망해요. 아기였을 때도 저렇게 응석받이로 키웠을 텐데, 그분이 어떻게 저리 훌륭하게 자랐는지 모를 일입니다.

저비 도련님과 저는 옆쪽 현관이나, 가끔은 나무 밑에, 비가 오거나 추울 때는 가장 좋은 응접실에 작은 탁자를 놓고 식탁을 차려요. 그분이 식사하고 싶은 곳을 고르기만 하면, 캐리가 탁자를 들고 재빨리 뒤따라간답니다. 그러다 일이 너무 번거로워지고 멀리까지 요리를 날라야 할 때면 캐리는 설탕 그릇 밑에서 1달러를 발견하게 되죠.

그분은 굉장히 사교적인 분인데, 무심코 봐서는 믿기 힘든 사실이에요. 언뜻 보면 전형적인 펜들턴 가문 사람 같지만, 전혀 그렇지 않아요. 무척 단순하고, 꾸밈없고, 다정한 분이에요. 남자를 그런 식으로 묘사하려니 이상하지만, 사실이에요. 그분은 이 동네 농부들에게도 굉장히 친절해요. 진솔한 태도로 대해서 상대방이 금세 무장해제되고 말아요. 처음에는 농부들도 매우 미심쩍게 여겼어요. 그분 옷차림이 마음에 안 들었던 거죠! 사실 그분의 옷은 좀 놀라워요. 무릎 밑에서 조이는 헐렁한 반바지, 주름 잡은 재킷, 흰색 플란넬 바지, 불룩한 바지가 딸린 승마복 같은 것을 입는답니다. 그분이 새 옷을 입고 아래층으로 내려올 때마다, 샘플 부인의 얼굴은 자부심으로 빛나고, 이리저리 자리를 옮겨가며 여러 각도에서 그분을 관찰하고는 앉을 때 조심하라고 당부해요. 먼지라도 묻을까 봐 엄청 걱정하는 거죠. 그러면 펜들턴 씨는 엄청 지루해해요. 늘 이렇게 말하죠.

"리지, 그만 가서 맡은 일에 신경 써요. 이제는 나를 쥐락펴락할 생각 말고요. 나도 어른입니다."

저렇게 몸집이 크고 다리가 긴 남자가(아저씨만큼이나 다리가 길어요) 샘플 부인의 무릎에 앉아 세수하려고 얼굴을 내맡기던 시절이 있었다니, 생각하면 정말 우스워요. 특히 샘플 부인의 무릎을 보면 정말 재미있어요. 이제 샘플 부인은 무릎이 두 겹이고 턱이 세 겹이거든요. 하지만 저비 도련님 말에 따르면, 예전에는 마르고 강인하고 날쌔서 자기보다 더 빨리 달릴 수 있었대요.

우리는 정말 다양한 모험을 즐기고 있어요! 시골길을 몇 킬로미터씩 탐험했고, 저는 깃털로 우습게 생긴 작은 파리를 만들어 낚시하는 법을 배웠어요. 소총과 권총 쏘는 법도 배웠고요. 말 타는 법도 배웠는데, 늙은 그로버에게 그런 놀라운 활력이 있을 줄은 몰랐어요. 사흘 동안 귀리를 먹였더니, 송아지에 겁을 먹고 저를 태운 채 거의 달아나다시피 했답니다.

수요일

월요일 오후에 우리는 스카이 힐에 올랐어요. 인근에 있는
산이에요. 정상이 눈으로 덮이지 않았으니, 엄청 높은 산은
아닌 모양이에요. 하지만 적어도 정상에 이르면, 꽤 숨이 차
요. 아래쪽 경사는 숲으로 덮였지만, 정상은 바위만 쌓인 넓
은 황무지예요. 우리는 해질 녘까지 그곳에 있다가 불을 피
우고 저녁을 만들었어요. 저비 도련님이 요리를 했죠. 저보
다 요리를 더 잘할 거라고 말하면서 말이에요. 정말 그랬지
만, 그건 그분이 야영에 익숙하기 때문이에요. 저녁을 먹고
나서는 달빛을 받으며 내려왔는데, 숲속 오솔길에 이르렀을
때는 사방이 캄캄해져서 저비 도련님의 주머니에 있던 손전
등으로 앞을 비추었어요. 정말 즐거웠어요! 그분은 내내 웃

으며 농담을 던졌고, 재미난 이야기를 들려주었어요. 제가 읽은 책은 물론이고, 다른 책들도 많이 읽었더군요. 그 박식함이 놀라울 뿐입니다.

오늘 아침에는 오래도록 걸으려고 나섰다가 태풍을 만났어요. 집에 도착하기 전에 옷이 흠뻑 젖고 말았지만, 우리의 활기는 전혀 꺾이지 않았죠. 우리가 물을 뚝뚝 떨어뜨리며 부엌으로 들어갔을 때 셈플 부인의 얼굴이 어땠는지 보셨어야 하는데.

"오, 저비 도련님…… 주디 양! 흠뻑 젖었잖아요. 이런! 이런! 어쩜 좋지? 멋진 새 외투가 완전히 망가졌어요."

엄청 웃겼어요. 우리는 열 살짜리 아이들이고, 셈플 부인은 심란한 엄마 같았죠. 차를 마실 때 잼을 못 먹게 되는 건 아닐까, 잠시 걱정했다니까요.

토요일

오래전에 이 편지를 쓰기 시작했는데, 마무리할 짬이 없었어요.

스티븐슨이 한 생각인데 멋지지 않나요?

161

세상이 수많은 것들로 가득하니

우리는 모두 왕처럼 행복해야 하리

(스티븐슨의 시 「행복한 생각Happy thought」 – 옮긴이)

아시겠지만 사실이에요. 세상은 행복으로 가득하고, 돌아볼 곳은 많고 많아요. 찾아오는 그 행복을 받아들이려는 마음만 있다면 말이에요. 비밀은 '유연한' 태도예요. 특히 시골에는 재미있는 게 참 많아요. 누구네 땅이든 걸어 다닐 수 있고 누구네 풍경이든 볼 수 있고 누구의 개울에서든 첨벙거릴 수 있어요. 마치 내가 그 땅의 주인인 것처럼 마음껏 즐길 수 있죠. 세금을 내지 않고도 말이에요!

***

지금은 일요일 밤인데 열한 시쯤 되었어요. 건강과 미용을 위해 자고 있어야 할 시각인데, 저녁에 블랙커피를 마신 탓에 푹 자긴 글렀어요!

오늘 아침에 셈플 부인이 저비 도련님에게 매우 단호한 말투로 이야기했어요.

"열한 시까지 교회에 도착하려면 열 시 십오 분에는 여기에서 나가야 해요."

"잘 알았어, 리지. 마차를 준비하고, 내가 옷을 다 입지 않았거든 기다리지 말고 그냥 가요."

저비 도련님이 말했어요.

셈플 부인은 "기다릴 거예요"라고 말했어요.

저비 도련님이 대답했어요.

"좋을 대로 해요. 다만 말들을 너무 오래 세워두진 말아
요."

그런 다음 셈플 부인이 옷을 차려입는 동안, 그분은 캐
리에게 점심을 싸달라고 하고 저에게는 산책용 옷으로 재빨
리 갈아입으라고 했어요. 그리고 우리는 뒷문으로 몰래 빠져
나와 낚시를 하러 갔어요.

이 일로 집안사람들에게 굉장한 폐를 끼치고 말았어요.
록 윌로 농장에서는 일요일 오후 두 시에 정찬을 먹어요. 하
지만 저비 도련님이 일곱 시에 정찬을 차려달라고 했어요.
그분은 언제든 원하는 때에 식사를 주문하기 때문에, 여기
가 식당 같다는 생각이 들 정도예요. 결국 캐리와 아마사이
는 마차를 타고 외출을 하지 못하게 되었죠. 하지만 저비 도
련님은 그 두 사람이 보호자 없이 외출하는 건 적절한 행동
이 아니기 때문에, 훨씬 잘된 일이래요. 또 어차피 저를 태우
고 나가려면, 본인이 말을 써야 한다고도 말했어요. 정말 우
스운 이야기죠?

게다가 가여운 셈플 부인은 일요일에 낚시하러 가는 사

람들은 나중에 불이 활활 타는 뜨거운 지옥에 떨어진다고 믿어요. 저비 도련님이 어리고 미약해 기회가 있었을 때 더 제대로 교육시키지 못했다는 생각에, 굉장히 괴로워한답니다. 게다가 교회에서 저비 도련님을 자랑하고 싶은 마음도 있었고요.

어쨌든 우리는 낚시를 했고(그분이 작은 물고기 네 마리를 잡았어요), 모닥불을 구워 점심으로 먹었어요. 꼬챙이에 끼운 물고기가 자꾸 불 속으로 떨어져서 약간 재 맛이 났지만, 그래도 잘 먹었어요. 우리는 네 시에 집에 도착해서, 다섯 시에 마차를 타고 외출했다가, 일곱 시에 저녁을 먹었어요. 열 시가 되자 저는 방으로 돌아와 이렇게 아저씨에게 편지를 쓰고 있어요.

그런데 약간 졸리네요.

안녕히 주무세요.

아래는 제가 잡은 물고기 그림이에요.

어어이, 그 배! 키다리 선장!

멈춰! 밧줄을 매! 이야호! 그리고 럼주 한 병. 무슨 책을 읽고 있는지 아시겠어요? 지난 이틀 동안 저비 도련님과 저는 뱃사람이 되어 해적처럼 굴었답니다.『보물섬』은 정말 재미있는 책 아닌가요? 아저씨도 읽어보셨어요? 아니면 아저씨가 어릴 때는 아직 책이 출간되지 않았나요? 스티븐슨은 연재료로 고작 30파운드를 받았다는군요. 위대한 작가가 되어도 돈벌이가 좋진 않은 모양이에요. 어쩌면 저는 학교 선생님이 될지도 모르겠어요.

편지에 스티븐슨 이야기만 늘어놓아서 죄송해요. 요즘 온통 스티븐슨에게 마음을 빼앗겨서 그렇답니다. 록 윌로의 서재를 차지하고 있거든요.

이 편지를 2주 동안 썼는데, 이 정도면 충분히 긴 것 같아요. 제가 이야기를 자세히 들려드리지 않는다는 말씀은 절대 하지 마세요, 아저씨. 아저씨도 여기 계시면 좋겠어요. 그러면 다 함께 즐거운 시간을 보낼 수 있을 텐데요. 저의 두 친구가 서로 알고 지내면 좋겠어요. 펜들턴 씨에게 뉴욕에 계시는 아저씨를 아는지 묻고 싶었답니다. 제 생각에는 알 것 같아요. 두 분 다 비슷한 상류층 사람들과 어울리실 테고 개혁이나 그 비슷한 것에 관심이 있으니 말이에요. 하지만 물어보지 못했어요. 아저씨의 진짜 이름을 모르니까요.

아저씨의 이름을 모르다니, 이렇게 우스꽝스러운 이야기는 들어본 적도 없어요. 리펫 원장님이 저에게 아저씨가 별난 분이라고 주의를 주었는데, 정말 그래요!

애정을 담아

주디 올림

• 추신 •

편지를 다시 읽어보니 스티븐슨 이야기만 늘어놓은 건 아니군요. 저비 도련님에 대한 이야기도 간접적으로 한두 번 등장하네요.

9월 10일

아저씨께

저비 도련님이 떠났고, 우리는 그분을 그리워하고 있어요! 사람이나, 장소나, 삶의 방식에 익숙해졌는데 갑자기 빼앗기면, 몹시도 허전하고 괴로운 느낌만 남아요. 셈플 부인과 나누는 대화도 양념이 빠진 음식 같은 느낌입니다.

2주 뒤면 개강인데, 다시 공부를 시작하게 되면 기쁠 거예요. 그래도 올여름에는 공부를 꽤 많이 한 셈이에요. 단편소설 여섯 편과 시 일곱 편을 썼으니까요. 잡지사로 보낸 원고는 모두 더없이 정중하고도 신속하게 되돌아왔어요. 하지만 상관없어요. 좋은 연습이 되었으니까요. 저비 도련님이 그 원고들을 읽었는데, 그분이 우편물을 가지고 들어오는 바람에 알릴 수밖에 없었어요. 그분은 제 원고가 형편없다고 말했어요. 자신이 무슨 말을 하고 있는지 눈곱만큼도 모른다는 사실이 훤히 보인대요. (저비 도련님은 예의를 차리느라 진실을 숨기는 분이 아니에요.) 하지만 마지막에 쓴 글, 대학을 무대로 펼쳐진 짧은 이야기는 나쁘지 않다더군요. 그분이 타자기로 그 원고를 쳐줘서, 잡지사로 보냈어요. 잡지사에서는 2주째 소식이 없으니 아마 검토 중인 모양이에요.

저 하늘을 보셔야 하는데! 기묘한 주황빛이 온 세상을 물들이고 있어요. 태풍이 오려나 봅니다.

***

167

아까 그 부분을 쓰는 순간, 엄청 큰 빗방울이 떨어지고 덧문이 죄다 탕탕 큰 소리를 내기 시작했어요. 저는 창문을 닫으러 뛰어가야 했고, 캐리는 지붕에서 빗물이 새는 부분에 받쳐두려고 우유 데울 때 쓰는 냄비를 한 아름 안고선 다락방으로 쏜살같이 달려갔죠. 그 뒤에 다시 펜을 드는데, 과수원 나무 밑에 쿠션과 양탄자와 모자와 매슈 아널드의 시집을 두고 왔다는 사실이 떠오르는 거예요. 그걸 가지러 얼른 뛰어나갔지만 모두 흠뻑 젖었더군요. 시집 표지의 빨간색이 안쪽까지 물들어버렸어요. 앞으로 「도버 해안」(매슈 아널드가 1897년에 발표한 시의 제목으로, 영국의 도버와 프랑스 칼레 사이에 있는 해협의 영국 쪽 해안─옮긴이)에는 연한 붉은빛 파도가 밀려들 거예요.

시골에서는 폭풍이 닥치면 무척 불편해요. 밖에 두었다가 망가질지도 모르는 많은 것들을 늘 신경 써야 하니까요.

목요일

아저씨! 아저씨! 그거 아세요? 좀 전에 집배원이 편지 두 통을 가져왔어요.

첫째 편지: 제 작품이 채택됐어요. 50달러예요.

그렇다면! 저는 이제 작가입니다.

둘째 편지: 대학 서무실에서 온 편지예요. 2년 동안 기숙사비와 학비를 포함한 장학금을 받게 되었대요. '영문학 성적이 현저히 우수하고, 다른 과목도 전반적으로 뛰어난' 학생에게 동문회가 주는 장학금이에요. 그런데 제가 뽑혔어요! 학교를 떠나기 전에 신청했지만, 받게 될 줄은 몰랐어요. 1학년 때 수학과 라틴어 성적이 나빴으니까요. 하지만 결국 제가 수습을 한 모양이에요. 이제 아저씨에게 큰 부담을 드리지 않게 되어 얼마나 기쁜지 몰라요, 아저씨. 매달 주시는 용돈이면 충분할 거예요. 어쩌면 글을 쓰거나 개인 교습 같은 것을 해서, 그 돈도 충당할 수 있을지 모릅니다.

얼른 돌아가서 공부를 시작하고 싶어 못 견디겠어요.

아저씨의 변함없는 벗
제루샤 애벗
『2학년이 경기에서 이겼을 때』의 저자.
모든 신문 가판대에서 10센트에 판매 중.

9월 26일

키다리 아저씨께

학교로 돌아왔고 상급생이 되었습니다. 올해는 공부방이 훨씬 좋아졌어요. 남향에다 커다란 창문 두 개가 있고, 아! 가구도 화려해요. 용돈을 무한정 받는 줄리아가 이틀 먼저 도착해서는 열정에 사로잡혀 방을 꾸며두었답니다.

새 벽지에다 동양풍 양탄자에, 마호가니 의자도 있어요. 작년에 쓰던 마호가니색 의자도 우리를 충분히 행복하게 해주었지만 이번엔 진짜예요. 아주 멋지지만, 제가 누릴 몫은 아니라는 생각이 듭니다. 엉뚱한 데다 잉크 얼룩이라도 남길까 봐 늘 불안하거든요.

그리고 아저씨, 아저씨의 편지가, 아니 죄송해요, 그러니까 아저씨 비서의 편지가 기다리고 있더군요.

그 장학금을 받아서는 안 되는 이유를, 부디 납득할 수 있게 설명해주시겠어요? 아저씨가 왜 반대하시는지 전혀 이해가 안 됩니다. 하지만 어쨌든, 아저씨가 반대하셔도 아무 소용없을 거예요. 이미 수락했고, 그 결정을 바꾸지 않을 거니까요! 약간 무례하게 들리시겠지만, 일부러 그런 건 아니에요.

아마 아저씨는 저를 교육시키기 시작하셨을 때, 그 일을 완수해 결국에는 졸업장이라는 형태로 깔끔한 마침표를 찍고 싶으셨겠죠.

하지만 잠시 제 입장에서 생각해주세요. 아저씨가 모든

금액을 부담하실 때와 마찬가지로, 저는 제 교육을 아저씨께 빚지는 겁니다. 하지만 전처럼 많은 빚은 아닐 거예요. 돈을 갚는 걸 바라지 않으신다는 건 알아요. 하지만 그래도 가능하면 갚고 싶습니다. 그리고 이 장학금을 받으면 더 수월하게 갚을 수 있어요. 앞으로 평생 빚을 갚으며 살 줄 알았는데, 이제는 남은 인생의 절반만 거기 쓰면 되는 거예요.

제 입장을 이해하시고 화내지 않으시길 바랍니다. 용돈은 여전히 무척 감사하게 받을게요. 줄리아와 그 가구에 수준을 맞춰가며 지내려면, 용돈이 필요하니까요! 줄리아가 자라며 좀 더 소박한 취향을 갖게 되었거나, 제 룸메이트가 아니었다면 좋았을 거예요.

특별한 내용이 없는 편지네요. 많은 이야기를 쓰려고 했는데…… 하지만 창문 커튼 네 장과 칸막이 커튼 세 장의 밑단을 감침질하고(아저씨가 바늘땀 길이를 못 보셔서 다행이에요), 놋쇠 문구류는 가루 치약으로 닦고(아주 고된 노동이랍니다), 손톱 손질용 가위로 액자 철사를 잘라내고, 책 네 상자를 풀고, 여행 가방 두 개에 가득한 옷을 정리하고(제루샤 애벗에게 여행 가방 두 개를 채울 옷이 있다니 믿기지 않으시겠지만 사실이에요!), 틈틈이 소중한 친구들 50명에게 환영 인사를 했답니다.

개강일은 아주 흥겨운 시간이에요!

안녕히 주무세요, 아저씨. 그리고 아저씨의 햇병아리가 고생길을 자처한다는 이유로 화내지는 마세요. 그 햇병아리는 굉장히 활기찬, 작은 암탉으로 자라고 있습니다. 아주 단호하게 꼬꼬댁거리고, 아름다운 깃털도 많이 돋아났죠(모두 아저씨 덕분입니다).

애정을 담아
주디 올림

9월 30일

아저씨께

아직도 그 장학금 문제로 같은 이야기를 반복하시는 거예요? 아저씨처럼 완고하고, 끈질기고, 꽉 막히고, 집요하고, 불도그 같고, 다른 사람의 입장을 헤아릴 줄 모르는 사람은 처음 봅니다.

아저씨는 제가 낯선 사람의 호의를 받지 않는 쪽을 좋아하시죠.

낯선 사람이라니! 그러면 아저씨는 도대체 누구신가요?

세상에서 제가 아저씨만큼이나 모르는 사람이 있을까

요? 거리에서 마주쳐도 아저씨를 알아보지 못할 거예요. 그러니 생각해보세요. 아저씨가 정신이 온전하고 분별 있는 사람이었다면, 그래서 아저씨의 어린 주디에게 아버지처럼 격려를 담은 자상한 편지를 보내주고 가끔 찾아와 그 아이의 머리를 쓰다듬어주며 잘 지내줘서 기쁘다고 말해주셨다면…… 그렇다면, 그 아이는 나이 지긋한 아저씨의 말을 무시하지 않고 원래대로 충실한 딸처럼 아저씨의 아주 작은 바람에도 순순히 따랐을 겁니다.

그야말로 낯선 사람인 거죠! 당신은 유리로 만든 집에서 살고 계십니다, 스미스 씨.

게다가 장학금은 호의가 아니라 일종의 상입니다. 제가 열심히 공부해서 얻어낸 거죠. 영문학 실력이 그만큼 뛰어난 사람이 없었다면, 위원회에서는 장학금을 수여하지 않았을 거예요. 몇 해 정도는 수혜자가 없었거든요. 또…… 하지만 남자랑 논쟁을 벌여서 뭐하겠습니까? 스미스 씨, 당신 역시 논리성이 결여된 남성인걸요. 남자가 협력하게 하려면 방법은 두 가지뿐입니다. 잘 구슬리거나, 호전적인 태도를 취하는 거예요. 저는 원하는 것을 얻으려고 남자를 구슬리는 행위를 경멸해요. 그러니 호전적인 태도를 취할 수밖에 없습니다.

아저씨, 장학금을 포기하란 말씀을 거부합니다. 잔소리를 더 하시면 매달 보내주시는 용돈도 받지 않겠습니다. 바보 같은 1학년생을 가르치다 신경쇠약에 걸릴 지경이 될지 언정 말입니다.

이것은 제가 보내는 최후통첩입니다!

그리고 한번 들어보세요. 더 좋은 생각이 있어요. 제가 이 장학금을 받아서 누군가가 교육받을 기회를 박탈할까 봐 그토록 걱정되신다면 해결할 방법이 있습니다. 제 교육비로 쓰시던 금액을 존 그리어 보육원의 다른 여자아이를 교육하는 데 쓰시면 됩니다. 멋진 생각 아닌가요? 다만 아저씨, 원하는 대로 새 아이를 교육하시되 저보다 그 아이를 더 좋아하진 말아주세요.

아저씨의 비서가 편지로 제안한 사항에 제가 거의 관심을 기울이지 않는다고 해서 그분이 속상해하진 않을 거라 믿습니다만, 혹시 속상해하더라도 어쩔 수가 없군요. 그분은 응석받이예요, 아저씨. 지금까지는 그분의 변덕에 순순히 따랐지만, 이번에는 단호하게 처신할 생각입니다.

완전히 그리고 돌이킬 수 없게

영원히 결심을 굳힌

제루샤 애벗 올림

11월 9일

○○○○○○○○○○○○

키다리 아저씨께

　　오늘 구두약과 옷깃 약간, 새 블라우스용 옷감, 제비꽃 크림(속을 크림으로 채우고 초콜릿으로 감싼 뒤 설탕에 절인 제비꽃 꽃잎을 위에 올린 디저트-옮긴이) 한 통, 비누 하나를 사려고 마을을 향해 길을 나섰어요. 모두 꼭 필요한 물건들로, 저게 없으면 하루도 행복하게 보낼 수 없어요. 그런데 차비를 내려는 순간, 지갑을 다른 외투 주머니에 두고 온 걸 깨달았어요. 그래서 차에서 내려 다음 차를 기다려야 했고 체육 시간에도 지각했죠.

　　건망증이 심한데 외투가 두 벌 있다는 건, 끔찍한 일이에요!

　　줄리아 펜들턴이 저에게 크리스마스 휴가를 함께 보내자고 초대했어요. 정말 놀라운 일 아닌가요, 스미스 아저씨? 존 그리어 보육원의 제루샤 애벗이 부잣집 식탁에 앉는 모습을 상상해보세요. 줄리아가 왜 저를 데려가려는지 모르겠어요. 요새 저에게 꽤 정이 든 것 같기는 해요. 솔직히 저는 샐리네 집에 가는 게 훨씬 좋지만 줄리아가 먼저 초대했으니 어딘가에 가야 한다면 우스터가 아니라 뉴욕이겠죠. 펜들턴 가문 사람들을 단체로 만난다고 생각하면 좀 두려워요. 그리고 새 옷도 많이 사야 할 테죠. 그러니 아저씨, 아저씨가 편지로 저에게 학교에 남아 조용히 보내는 게 더 좋겠다고 말씀하신다면, 언제나처럼 고분고분하게 아저씨의 뜻에 따르겠습니다.

틈틈이 『토머스 헉슬리의 생애와 편지』를 읽고 있어요. 짬이 날 때마다 가벼운 마음으로 즐겁게 읽을 수 있죠. 시조새가 뭔지 아세요? 새의 한 종류예요. 스테레오그나투스는요? 확실하지는 않지만 아마 이빨이 있는 새나 날개 달린 도마뱀처럼 '멸실환'(잃어버린 고리missing link라는 뜻이다. 생물의 진화 단계 중에 존재했을 것으로 추정되나 화석으로 발견되지 않은 생물종을 가리킨다—옮긴이) 같아요. 아니, 그것도 아니네요. 방금 책을 찾아봤어요. 중생대 포유류라는군요.

현존하는 스테레오그나투스 그림은
이것뿐입니다.

뱀 같은 머리,
개 같은 귀, 소 같은 발,
도마뱀 같은 꼬리,
백조 같은 날개가 달렸고,
귀여운 털복숭이 고양이처럼
부드러운 털이 온몸을 뒤덮었습니다.

올해는 경제학을 선택했습니다. 아주 많은 것을 알려주는 과목이에요. 경제학을 끝내면, 자선과 개혁을 가르치는 과목도 수강할 거예요. 그러고 나면 후원자님, 보육원이 어떻게 운영되어야 하는지 저도 알게 될 겁니다. 저에게 참정권이 있다면, 훌륭한 유권자가 될 것 같지 않나요? 지난주에 저는 스물한 살이 되었습니다. 저는 매우 정직하고 교양 있고 양심적이고 지적인 시민이 될 텐데, 그런 저를 놓치다니 이 나라는 정말이지 낭비가 심한 곳입니다.

아저씨의 변함없는 벗

주디 올림

12월 7일

키다리 아저씨께

줄리아의 집에 가도록 허락해주셔서 감사합니다. 아무 말씀 없으시니 승낙하신 것으로 알겠습니다.

학교는 사교 행사로 한창 야단법석이었어요! 지난주에 창립 기념일 댄스파티가 있었어요. 상급생만 참석할 수 있기 때문에 우리가 참석한 첫해였지요.

저는 지미 맥브라이드를 초대했고 샐리는 지미의 프린스턴 대학 룸메이트를 초대했는데, 지난여름 캠프장에도 초

대한 친구라는군요. 붉은 머리에 아주 멋진 남자예요. 줄리
아는 뉴욕에 사는 어떤 남자를 초대했는데, 썩 흥미롭지는
않지만 사회적으로는 흠잡을 데 없는 사람이었어요. '드 라
메이터 치체스터' 가문과 관련이 있대요. 그게 무슨 뜻인지
혹시 아세요? 저는 짐작도 못 하겠어요.

　　그건 그렇고, 손님들은 4학년 복도에서 열리는 다과회
에 맞춰 금요일 오후에 도착했는데, 그 뒤에는 저녁을 먹으
러 호텔로 서둘러 달려갔어요. 호텔이 만원이어서, 당구대에
서 나란히 잠을 잤다더군요. 지미 맥브라이드는 다음번에 우
리 대학 사교 행사에 초대되면 애디론댁에서 쓰는 텐트 하나
를 가져와 캠퍼스에다 치겠답니다.

　　손님들은 총장님이 주최하는 환영회와 댄스파티에 참
석하려고 아침 일곱 시 반에 학교로 돌아왔어요. 우리 학교
행사는 일찍 시작한답니다! 우리는 행사 시작 전에 남자들
의 이름을 적은 카드를 모두 만들어두었고, 춤이 끝날 때마
다 남자들이 자기 성에 해당되는 글자 밑에 모여 있도록 했어
요. 다음 파트너가 쉽게 남자를 찾을 수 있도록 말이에요. 예
를 들어 지미 맥브라이드는 춤 신청이 들어올 때까지 'M'자
밑에 끈기 있게 서 있는 거죠. (그러니까 끈기 있게 서 있어야
했지만, 지미는 여기저기 돌아다니면서 'R'자와 'S'자와 온갖 글자
로 시작하는 사람들과 어울렸어요.) 알고 보니 지미는 아주 까

다로운 손님이더군요. 저와 춤을 세 번밖에 추지 못했다고 골을 냈어요. 알지도 못하는 여학생들과 춤을 추는 건 부끄럽답나요!

다음 날 아침에는 합창단 공연이 있었어요. 그리고 그 행사를 위해 작곡한, 재미난 새 노래의 가사를 누가 썼는지 아세요? 사실이에요. 바로 그 학생이 썼답니다. 오, 정말이지, 아저씨, 아저씨의 어린 고아는 꽤 유명한 인물이 되어가는 중이에요!

어쨌든 그 흥겨운 이틀은 우리에게 몹시 재미있는 시간이었고, 남자들도 즐겁게 보낸 것 같아요. 그중 일부는 천 명이나 되는 여학생들을 마주해야 한다는 생각에, 처음에는 굉장히 당황했죠. 하지만 금세 익숙해지더라고요. 우리가 초대한 두 프린스턴 대학생들도 멋진 시간을 보냈어요. 적어도 본인들이 정중하게 표현한 말에 따르면, 그랬다는군요. 그리고 우리를 다음 봄에 열리는 그쪽 대학의 댄스파티에 초대했어요. 이미 수락했으니, 제발 반대하지 마세요, 아저씨.

줄리아와 샐리, 저는 드레스를 새로 장만했어요. 어떤 드레스인지 궁금하세요? 줄리아의 드레스는 크림색 공단에 금색 자수를 놓은 것으로, 줄리아는 거기에 보라색 난초를 꽂았어요. 더없이 완벽한 드레스였는데, 파리에서 온 것이고 값이 100만 달러는 된대요.

샐리의 드레스는 페르시아풍 자수를 놓은 옅은 청색 드레스였는데, 붉은 머리색과 아름답게 어울렸어요. 엄청 비싼 옷은 아니었지만, 줄리아의 옷만큼이나 매력적이었어요.

제 드레스는 크림색 레이스와 장밋빛 공단으로 장식한 연분홍 크레이프 드레스였어요. 그리고 지미 맥브라이드가 보내준 진홍색 장미를 들었죠(어떤 색 꽃이 어울릴지 샐리가 미리 이야기해주었대요). 그리고 우리는 모두 실크 스타킹에 공단 구두를 신고, 드레스에 어울리는 시폰 스카프를 둘렀답니다.

여성복에 대해 이렇게 자세히 설명을 듣고 분명 깊은 인상을 받으셨을 테죠.

아저씨, 남자들이 재미없이 산다는 생각을 하지 않을 수가 없네요. 시폰과 베니스풍 레이스와 수제 자수, 아일랜드식 코바늘뜨기가 남자에게는 무의미한 단어라는 사실을 생각하면 말이에요. 반면 여자들은 관심사가 아기이건 세균이건 남편이건 시이건 하인이건 평행사변형이건 정원이건 플라톤이건 카드놀이건 그 무엇이든지, 기본적으로 그리고 늘 옷에 관심이 있죠.

이것이야말로 온 세상을 동포로 만들어주는 공통된 속성이랍니다(제가 생각해낸 말이 아니에요. 셰익스피어의 희곡에서 인용한 거예요). (『트로일러스와 크레시다』 3막 3장에서 율리시스가 아킬레스에게 하는 말이다 — 옮긴이)

어쨌든 이야기를 계속할게요. 최근에 발견한 비밀을 알려드릴까요? 저를 허영심 많은 사람으로 생각하지 않겠다고 약속해주시겠어요? 그럼 말씀드리죠.

저는 예뻐요.
정말이에요. 방에 거울이 세 개나 있는데 그걸 모른다면, 굉장한 바보일 거예요.

친구로부터

• 추신 •

이건 소설에나 등장하는 사악한 익명의 편지 중 하나입니다.

12월 20일

키다리 아저씨께

시간이 거의 없어요. 수업 두 개를 들어야 하고, 큰 여행 가방과 작은 가방에 짐을 꾸려 네 시 기차를 타야 하거든요. 하지만 크리스마스 선물 상자를 보내주셔서 얼마나 감사한지 알려드리지 않고서는 떠날 수가 없었습니다.

모피와 목걸이, 리버티(화려하고 다채로운 무늬로 유명한 영국의 고급 원단 브랜드 이름 – 옮긴이) 스카프, 장갑, 손수건, 책, 핸드백까지 모두 무척 좋아요. 하지만 무엇보다도 아저씨가 가장 좋아요! 하지만 아저씨, 이런 식으로 저를 버릇없이 키우시면 안 돼요. 저는 평범한 인간이자 젊은 여자예요. 아저씨가 이런 세속적이고 경솔한 행동으로 저를 비뚤어지게 하시면, 제가 어찌 학구적인 활동에만 엄중히 전념할 수 있겠습니까?

존 그리어 보육원 후원회 이사님들 중에 크리스마스트리와 일요일마다 아이스크림을 보내주신 분이 누구였는지, 지금 강력하게 의심이 가는 분이 있어요. 익명으로 보내셨지만, 그분의 행동으로 봐서 누군지 알겠어요! 좋은 일을 이토록 많이 하시니, 아저씨는 행복해지실 자격이 충분해요.

안녕히 계세요. 그리고 아주 즐거운 크리스마스 보내세요.

아저씨의 변함없는 벗
주디 올림

• 추신 •

저도 작은 선물을 하나 보냅니다. 아저씨는 주디를 알게 된다면 좋아하실까요?

아저씨, 뉴욕에서 편지를 보내려고 했지만, 뉴욕은 사람의 마음을 빼앗는 곳이에요.

흥미진진하고 유익한 시간을 보냈어요. 하지만 제가 그런 가문 사람이 아닌 게 다행이에요! 정말이지 존 그리어 보육원 출신인 쪽을 택하겠어요. 제가 받았던 양육에 어떤 결점이 있든지, 적어도 가식은 없었어요. 이제 저는 물질에 압도된다던 사람들의 말이 무슨 뜻인지 알게 되었습니다. 물욕으로 가득한 그 집의 분위기에 숨이 막혔어요. 돌아오는 급행열차를 탈 때까지 깊은 숨을 쉴 수가 없었어요. 가구들은 모두 조각 장식이 있거나, 천 덮개를 씌웠거나, 아주 화려했어요. 제가 만난 사람들은 아름답게 옷을 차려입었고, 목소리를 높이지 않았으며, 교육도 잘 받은 사람들이었죠. 하지만 아저씨, 저는 도착한 순간부터 떠나는 순간까지, 진심 어린 대화는 한마디도 듣지 못했습니다. 그 집 현관으로는 신념이라는 게 들어간 적이 없는 모양이에요.

펜들턴 부인은 보석과 의상실과 사교 모임만 생각해요. 맥브라이드 부인과는 다른 어머니처럼 보였어요! 혹시 제가 결혼해서 가정을 꾸린다면, 가능한 한 정확히 맥브라이드 부인처럼 가정을 꾸릴 거예요. 온 세상 돈을 다 준다 해도, 제

아이들을 펜들턴 사람들처럼 키우지 않을 거예요. 초대받아 다녀와서 그 집 사람들을 비판하는 건 무례한 행동이겠죠? 그렇다면 부디 용서하세요. 아저씨와 저만 아는 비밀로 해주세요.

저비 도련님은 차 마시는 시간에 온 걸 딱 한 번 보았어요. 그 뒤로는 단둘이 이야기 나눌 기회가 없었죠. 지난여름 함께 멋진 시간을 보낸 뒤라 정말 실망스러웠어요. 그분은 친척들을 별로 좋아하지 않는 것 같아요. 친척들이 그분을 별로 좋아하지 않는 건 확실하고요! 줄리아네 어머니는 그분에게 정신적으로 문제가 있다고 말했어요. 그분이 사회주의자라더군요. 그나마 머리를 기르거나 빨간색 넥타이를 하지 않아 다행이래요. 줄리아 어머니는 그분이 그 이상한 사상을 어떻게 접했는지 짐작도 못 하겠대요. 그 가문은 대대손손 영국 국교회 신자였으니까요. 그분이 요트나 자동차나 폴로용 조랑말처럼 실용적인 것에 돈을 쓰지 않고, 대신 온갖 정신 나간 개혁 활동에 돈을 낭비한다고 말했어요. 하지만 그분은 그 돈으로 사탕을 사기도 해요! 크리스마스 때 줄리아와 저에게 한 상자씩 보냈으니까요.

있잖아요, 저도 사회주의자가 될 거예요. 그래도 괜찮죠, 아저씨? 사회주의자는 무정부주의자와는 많이 달라요. 사람들을 날려버리는 게 중요하다고 생각하진 않거든요. 어쩌면 저는 타고난 사회주의자인 모양이에요. 프롤레타리아계급이잖아요. 다만 저는 어떤 부류의 사람이 될지, 정하지 않았어요. 일요일에 그 문제를 잘 살펴보고 다음 편지에서 제 신조를 밝힐게요.

극장과 호텔과 아름다운 집을 아주 많이 보았어요. 오닉스와 금박과 모자이크 바닥과 야자나무가 머릿속에서 뒤섞여 어지러워요. 아직도 숨 막힐 듯한 기분이 들지만, 학교로, 제 책이 있는 곳으로 돌아와서 기뻐요. 저는 정말이지 학생 체질인가 봐요. 뉴욕보다는 이 학구적이고 차분한 분위기가 더 상쾌해요. 대학 생활이 무척 만족스러워요. 책과 공부와 정기적인 수업 덕분에 정신적으로 늘 깨어 있고, 그러다 마음이 지치면 체육관과 야외에서 운동을 하고, 나와 같은 것에 대해 생각하는 마음 맞는 친구들까지 늘 가득하니까요. 우리는 저녁 내내 끝없이 이야기만 나누다가, 부푼 가슴으로 잠자리에 들어요. 마치 우리가 세상의 긴급한 문제들을 말끔히 해결했다는 듯이 말이에요. 그리고 틈만 나면 터무니없는 소리도 지껄여대요. 어쩌다 튀어나온 의미 없는 이야깃거리로 바보 같은 농담을 주고받지만, 마음은 무척 뿌듯하답니다. 우리가 뱉은 재치 있는 말에 우리끼리 감탄한다니까요!

정말 중요한 건 커다란 기쁨이 아니에요. 사소한 것을 소중하게 여기는 거예요. 저는 행복의 진정한 비결을 발견했어요, 아저씨. 그건 현재 속에 사는 거예요. 과거를 끝없이 후회하거나 미래를 고대하는 게 아니라, 지금 이 순간을 최대한 값지게 사는 거예요. 농사와 비슷해요. 조방농업을 할 수도 있고 집약농업을 할 수도 있어요. 음, 저는 앞으로 집약적인 삶을 살 거예요. 매 순간을 즐길 것이고, 그때마다 제가 그렇게 하고 있다는 사실을 기억할 거예요. 사람들은 대부분 삶을 사는 게 아니에요. 경주할 뿐이죠. 지평선 저 멀리에 있는 어떤 목표에 도달하려 애쓰고 있어요. 맹렬하게 달려가느라 숨이 차서 헐떡이고, 그래서 지나가는 길에 있는 아름답고 평온한 시골 풍경을 전혀 보지 못해요. 그러다 가장 먼저 깨닫는 것이라고는, 자신이 늙고 지쳤다는 사실과 목표에 이르렀건 그렇지 않았건 별 상관없다는 사실이죠. 저는 위대한 작가가 되지 못할지라도, 길가에 앉아 작은 행복을 많이 쌓기로 결심했어요. 제가 이런 철학자로 성장해갈 줄 상상이나 하셨어요?

아저씨의 변함없는 벗

주디 올림

• 추신 •

오늘 밤에는 개와 고양이가 싸우기라도 하듯이 비가 요란

하게 쏟아집니다. 강아지 두 마리와 새끼 고양이 한 마리가 좀 전에 창턱에 내려앉았어요.

친애하는 동지에게

만세! 저는 페이비언(1884년 영국에서 결성된 페이비언협회에서 추진한 사회주의를 가리킨다. 평등과 자유와 우애를 기본 가치로 삼고 혁명적 변화가 아닌 점진적인 사회 개혁을 주장했다–옮긴이)입니다.

기꺼이 기다림을 감수하는 사회주의자죠. 우리는 당장 내일 아침에 사회혁명이 일어나기를 바라지 않습니다. 그러면 너무 곤란해질 테니까요. 우리는 혁명이 먼 미래에, 우리 모두가 준비되고 충격을 견딜 수 있을 때 아주 서서히 다가오기를 바랍니다.

그러는 동안 우리는 산업과 교육과 보육원부터 개혁하며 준비해야 합니다.

월요일 3교시에
동지애를 담아
주디 올림

2월 11일

키다리 아저씨께

　편지가 너무 짧다고 아저씨를 푸대접한다는 생각은 마세요. 이건 편지가 아니에요. 시험이 끝나면 곧바로 편지를 쓰겠다고 알려드리고자 몇 마디 적어보내는 것뿐입니다. 당연히 시험에 통과해야 하지만, 그뿐 아니라 좋은 성적을 거두어야 해요. 장학생에게 걸맞은 모습을 보여야 하니까요.

열심히 공부 중인

J. A. 올림

3월 5일

키다리 아저씨께

　오늘 저녁에 커일러 총장님이 요즘 세대가 경솔하고 깊이가 없다는 주제로 연설을 하셨어요. 총장님은 우리가 성실한 노력과 참된 학문이라는 과거의 이상을 놓치고 있다고 말씀하셨어요. 그리고 이런 쇠퇴는 특히 조직화된 권위에 대한 무례한 태도에서 두드러지게 나타난다는군요. 우리가 더는 윗사람들에게 알맞은 경의를 표하지 않는대요.

저는 매우 진지한 마음으로 예배당을 나섰어요.

제가 너무 허물없는 태도를 보였나요, 아저씨? 거리를 두고 좀 더 품격 있게 아저씨를 대해야 할까요? 맞아요, 당연히 그래야겠지요. 다시 시작해볼게요.

***

친애하는 스미스 씨께

중간고사를 성공적으로 치르고 이제 새 학기 공부를 시작했다고 말씀드리면, 흐뭇하시겠지요. 화학은 정성분석 과정을 끝마쳤기에, 이제 그 정도로 해두고 생물학 공부에 들어갈 예정입니다. 이 과목은 약간 망설이며 접근하게 되는데, 제가 알기로 지렁이와 개구리를 해부해야 하기 때문입니다.

굉장히 흥미롭고 유익한 강의가 있었습니다. 지난주 예배당에서 들은, 남프랑스의 로마 유적에 대한 강의였습니다. 그 주제를 그만큼 이해하기 쉽게 설명하는 강의는 들어본 적이 없습니다.

우리는 영문학 수업과 관련해 윌리엄 워즈워스의 『틴턴 수도원』을 읽고 있습니다. 얼마나 정교한 작품인지, 시인이 범신론이라는 개념을 얼마나 적절하게 구현해내는지요! 셸리, 바이런, 키츠, 워즈워스 같은 시인들의 작품이 예시해주는 지난 세기 초 낭만주의 운동이 저에게는 이전 고전주의 시대보다 훨씬 매력적입니다. 시 얘기가 나와서 드리는 말씀 인데, 테니슨이 쓴 「록슬리 홀」이라는 매혹적인 시를 읽어보 셨습니까?

최근에는 매우 규칙적으로 체육관을 찾습니다. 감독 체 계가 만들어져서, 규칙을 따르지 않으면 상당한 불편이 초래 됩니다. 체육관에는 시멘트와 대리석으로 만든 아주 멋진 수 영장이 구비되어 있는데, 어느 졸업생이 기증한 것입니다. 제 룸메이트인 맥브라이드 양이 수영복을 주었고(줄어들어서 본 인은 이제 입을 수가 없다고 합니다), 저는 곧 수영 강습을 들을 생각입니다.

어젯밤에는 후식으로 맛있는 분홍색 아이스크림을 먹 었습니다. 음식에 색깔을 낼 때는 식물성 염료만을 사용합니 다. 우리 대학에서는 심미적인 이유와 위생상의 이유로 아닐 린 염료 사용을 강력히 반대합니다.

요즘 날씨는 더할 나위가 없습니다. 밝게 빛나는 햇살과 구름 사이에 반가운 눈보라가 몇 번 일기도 합니다. 저와 친 구들은 교실을 드나드는 길에, 특히 교실에서 나오는 길에 산책을 즐깁니다.

친애하는 스미스 씨, 평소와 다름없이 건강하시리라 믿 습니다.

언제나 귀하의 다정한 벗으로 남을

제루샤 애벗 올림

4월 24일

아저씨께

또다시 봄이 왔어요! 캠퍼스가 얼마나 아름다운지 보셔야 하는데요. 직접 오셔서 보시면 좋겠어요. 지난 금요일에 저비 도련님이 또 들렀어요. 하지만 정말 때가 좋지 않았던 게, 샐리와 줄리아와 저는 기차를 타려고 막 달려가던 참이었거든요. 우리가 어디로 가고 있었는지 아세요? 프린스턴이에요. 댄스파티와 야구 경기에 참석하러, 프린스턴으로 가는 중이었다니까요! 가도 되는지 아저씨에게 묻지 않은 이유는 아저씨의 비서가 안 된다고 할 것 같아서예요. 하지만 규정을 모두 준수한 외출이었어요. 학교에 결석 허가를 받았고, 맥브라이드 부인이 보호자로 동행했으니까요. 아주 멋진 시간을 보냈어요. 하지만 자세한 내용은 생략해야겠어요. 너무 많고 복잡하거든요.

토요일

동이 트기도 전에 일어났답니다! 야간 경비원이 우리를, 그러니까 우리 여섯 명을 깨워주었고 우리는 보온용 냄비로 커피를 끓여서(그렇게 많은 커피 찌꺼기는 처음이었어요!) 일출을 보려고 원트리 힐 정상까지 3킬로미터를 걸어갔어요. 마지막 경사는 기어서 올라갔어요! 하마터면 일출을 놓칠 뻔했어요! 아마 아저씨는 우리가 식욕을 잃고 아침 식탁으로 돌아왔을 거라고 생각하시겠죠.

맙소사, 아저씨, 오늘따라 제가 자꾸만 소리치는 것 같네요. 종이 여기저기에 느낌표가 가득해요.

원래는 꽃눈이 올라온 나무들과 운동장에 석탄재를 새로 깔아 만든 육상 트랙, 내일 생물학 시간에 받게 될 끔찍한 수업, 호수에 새로 띄운 카누, 폐렴에 걸린 캐서린 프렌티스, 총장님의 고양이가 집을 나와 퍼거슨 기숙사에서 2주간 묵다가 결국 청소 담당자가 보고한 사연, 새 드레스 세 벌, 그러니까 흰색, 분홍색, 파란색 물방울무늬 드레스와 거기 어울리는 모자에 대한 이야기를 모두 들려드릴 생각이었는데, 너무 졸려요. 제가 매번 이 핑계를 대고 있죠? 하지만 여자 대학은 바쁜 곳이고, 하루가 끝날 때쯤이면 모두 기진맥진하답니다! 특히 새벽에 하루를 시작한 날에는요.

총장님의 고양이예요.
그림만 봐도 딱 앙고라
고양이라는 걸 아실 거예요.

애정을 담아
주디 올림

키다리 아저씨께

전차에 타면 똑바로 앞만 바라보면서 다른 사람에게는 눈을 돌리지 않는 게 예의 바른 행동일까요?

오늘 아주 근사한 벨벳 드레스를 입은 매우 아름다운 여자가 전차에 탔는데, 15분 동안 무표정으로 앉아 멜빵 광고판만 응시하고 있었어요. 거기 있는 사람들 중 중요한 사람은 자기뿐이라는 듯이 다른 모두를 무시하는 건 예의가 아니라고 생각해요. 어쨌든 많은 것을 놓치잖아요. 그 여자가 바보 같은 광고판에 빠져 있는 동안, 저는 흥미로운 사람들로 가득한 전차 한 칸을 전부 연구했답니다.

함께 보내드리는 그림은 처음으로 상황을 재현해본 거예요. 줄 끝에 매달린 거미처럼 보이지만 절대 아니에요. 체육관 수영장에서 수영을 배우는 제 모습이에요.

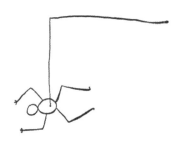

강사가 제 허리띠 뒤에 달린 고리에 밧줄을 걸어서 천장 도르래에 끼워요. 강사의 정직함을 온전히 신뢰한다면 참 멋진 장치겠죠. 하지만 저는 강사가 밧줄을 느슨하게 묶을까 봐 늘 염려가 되어서, 걱정 어린 한쪽 눈으로는 강사를 주시하고 다른 쪽 눈으로는 수영을 해요. 이렇게 관심이 분산된 상태에서 강습을 받다 보니, 원래대로라면 그러지 않을 텐데 수영 실력이 늘지 않네요.

요즘은 날씨가 수시로 변해요. 편지를 쓰기 시작했을 때는 비가 내리고 있었는데, 지금은 햇빛이 반짝이네요. 샐리와 저는 밖에 나가 테니스를 칠 거예요. 그러면 체육관에는 가지 않아도 된답니다.

일주일 뒤

이 편지를 오래전에 마무리했어야 하는데, 그러지 못했어요. 꼬박꼬박 편지를 보내지 않아도 괜찮죠, 아저씨? 저는 아저씨에게 편지를 쓰는 게 정말 좋아요. 가족이 있는 것 같다는, 그럴듯한 기분이 들거든요. 뭐 하나 말씀드릴까요? 제가 편지를 쓰는 대상은 아저씨만이 아니랍니다. 두 사람이 더 있어요! 올겨울부터 저비 도련님이 보내주는, 아름답고 긴 편지를 받고 있어요(봉투에 타자기로 주소를 찍기 때문에, 줄리아 는 필체를 알아보지 못할 거예요). 이렇게 놀라운 이야기 들어 보셨어요? 그리고 거의 매주, 대개는 노란 편지지에 마구 휘 갈겨 쓴 편지가 프린스턴에서 도착해요. 저는 업무에 충실한 사람처럼 신속하게 답장을 보냅니다. 이제 아저씨도 아시겠 죠. 저는 다른 아가씨들과 다르지 않아요. 저도 편지를 받는 다니까요.

제가 4학년 연극반의 일원에 뽑혔다고 말씀드렸던가요? 구성원을 굉장히 까다롭게 뽑는 조직이에요. 천 명 중에 일 흔다섯 명만 뽑혔답니다. 철저한 사회주의자인 제가 거기 들 어가야 한다고 생각하세요?

요즘 제가 사회학에서 어떤 부분에 관심을 기울이고 있 는지 아세요? Figurez vous(상상해보세요)! 저는 '부양 아동 보호'에 대한 논문을 쓰고 있어요. 교수님이 여러 주제를 뒤 섞어서 아무렇게나 나눠주셨는데, 그 주제가 저에게 왔어요. C'est drôle ça n'est pas(우스운 일 아닌가요)?

저녁 식사를 알리는 종소리가 들려요. 이 편지는 지나는 길에 우체통에 넣을게요.

애정을 담아

J. 올림

아주 바쁜 시간을 보내고 있어요. 열흘 후면 4학년 졸업식이고, 내일은 시험이 있으니까요. 공부도 많이 해야 하고 챙길 짐도 많은데, 바깥세상이 몹시 아름다워서 안에만 있으려니 속상할 정도예요.

하지만 방학이 다가오고 있으니 괜찮아요. 줄리아는 올여름에 해외에 간다는군요. 네 번째래요. 아저씨, 의심할 바 없이 재물은 공평하게 분배되지 않아요. 샐리는 여느 때처럼 애디론댁에 가요. 저는 어디로 가는지 아세요? 아마 셋 중 하나라고 생각하시겠죠. 록 윌로? 아니에요. 샐리와 함께 애디론댁에? 틀렸어요. (다시는 엄두도 내지 않을 거예요. 작년에 의욕을 잃어버렸어요.) 다른 건 떠오르지 않으세요? 창의성이 풍부하지 않으시네요. 강력하게 반대하지 않겠다고 약속하시면 말씀드릴게요, 아저씨. 아저씨의 비서에게 저는 마음을 정했다고 미리 통보하는 바입니다.

저는 올여름을 찰스 패터슨 부인과 함께 바닷가에서 보내며, 가을에 대학에 들어갈 부인의 딸을 가르칠 거예요. 맥브라이드 가족을 통해 패터슨 부인을 만났는데, 매우 매력적인 분이에요. 둘째 딸에게도 영어와 라틴어를 가르칠 예정이지만, 자유 시간도 조금 누릴 수 있고 한 달에 50달러를 받을 거예요! 정말 엄청난 금액이라고 생각하지 않으세요? 패터슨 부인이 제시했어요. 저라면 쑥스러워서 25달러 이상 요구하지 못했을 거예요.

9월 첫째 주까지 매그놀리아(패터슨 부인이 사는 곳이에요)에서 보내고, 아마 남은 3주는 록 윌로에서 보내게 될 거예요. 셈플 부인과 그 다정한 동물들을 다시 만나고 싶어요.

제 계획에 놀라셨나요, 아저씨? 보시다시피 저는 꽤 독립적인 사람이 되어가고 있습니다. 제가 두 발로 일어서도록 아저씨가 도와주셨지만, 이제는 혼자 걸어도 문제없을 것 같아요.

프린스턴 대학 졸업식과 우리 대학 시험일이 우연히도 같은 날이에요. 정말이지 그럴 줄은 몰랐어요. 샐리와 저는 시간에 맞춰 졸업식에 참석하고 싶었는데, 당연히 불가능한 일이죠.

안녕히 계세요, 아저씨. 즐거운 여름 보내시고, 휴식도 취하시고, 다음 1년을 열심히 보내도록 준비해서 가을에 다시 만나요. (아저씨가 저에게 하셔야 할 인사네요!) 아저씨가 여름에 무엇을 하시는지, 여가를 어떻게 즐기시는지 모르겠군요. 아저씨 주변 환경을 머리에 떠올릴 수가 없어요. 골프나 사냥, 승마를 하시나요? 아니면 그냥 양지바른 곳에 앉아 사색에 잠기시나요?

어쨌든, 무엇을 하시건 즐거운 시간 보내시고, 주디를 잊지 마세요.

6월 10일

아저씨께

어느 때보다 힘겹게 쓰는 편지가 되겠지만, 저는 무엇을 할지 결정했고 그 결정을 되돌릴 생각이 전혀 없습니다. 올 여름에 저를 유럽에 보내주시겠다니, 아저씨는 정말 친절하고 관대하고 자상한 분이에요. 그 말씀에 잠시 마음이 들떴어요. 하지만 냉정하게 다시 생각하니, 아니라는 대답이 나왔습니다. 아저씨께 학비를 받는 것을 거절하고선 대신 그 돈을 여가에 쓴다면, 굉장히 모순적인 행동일 거예요. 저를 과도한 사치에 익숙해지게 하시면 안 돼요. 사람은 가져본 적 없는 것을 그리워하지 않습니다. 하지만 일단 원래 그의 것, 그녀의 것(영어에는 다른 대명사도 필요해요)이라고 생각하기 시작하면, 그것 없이 지내기가 몹시 어려워집니다. 샐리, 줄리아와 함께 지내는 건 제 금욕적인 철학에 굉장한 부담이에요. 둘 다 아기였을 때부터 많은 것을 누렸어요. 행복을 당연하게 받아들여요. 둘은 무엇이든 원한다면 세상이 빚을 갚

199

듯이 당연히 줘야 한다고 생각해요. 어쩌면 정말 그럴지도 모르죠. 어쨌든 세상이 그 빚을 인정하고 갚는 듯 보이니까요. 하지만 제 경우에, 세상은 저에게 아무 빚도 지지 않았고 처음부터 저에게 그 점을 분명히 밝혔어요. 저에게 외상으로 빌릴 자격은 없습니다. 세상이 제 요청을 거부할 날이 올 테니까요.

제가 은유의 바다에서 허우적거리고 있는 것 같군요. 하지만 아저씨는 제 말뜻을 이해하시겠죠? 어쨌든 올여름에 아이들을 가르치며 자립할 방법을 찾는 것만이 제가 해야 할 정직한 행동이라는 생각이 강하게 듭니다.

나흘 뒤

매그놀리아에서

편지를 저기까지 썼을 때, 무슨 일이 있었는지 아세요? 하인이 저비 도련님이 보낸 카드를 들고 왔어요. 그분도 이번 여름에 해외에 나간대요. 줄리아와 그 가족과 함께 가는 게 아니라 온전히 혼자서 말이에요. 저는 그분에게, 어떤 부인이 보호자로서 여러 여학생을 데리고 외국에 나가는데 아저씨가 저에게 그분을 따라가라고 하셨다는 이야기를 했어요. 그분은 아저씨에 대해 안답니다, 아저씨. 그러니까, 제 부모님이 돌아가셨고, 어느 친절한 신사께서 저를 대학에 보내주셨다는 정도만 알아요. 존 그리어 보육원과 나머지 사연에 대해서는 말할 용기가 없었어요. 그분은 아저씨가 제 후견인이고, 아무 문제없는 우리 가족의 오랜 친구라고 생각해요. 제가 아저씨를 모른다는 말은 하지 않았습니다. 너무 이상해 보일 거예요!

아무튼 저비 도련님은 제가 유럽에 가야 한다고 주장했어요. 제 교육에서 꼭 필요한 부분이고, 거절할 생각을 해서는 안 된다고 말이에요. 또 같은 시기에 자기도 파리에 있을 테니 가끔 보호자인 부인에게서 달아나 근사하고 재미있는 외국 식당에서 함께 저녁 식사를 하면 된다는 이야기도 했어요.

아, 아저씨, 정말 마음이 흔들렸어요! 약해질 뻔했죠. 그분이 그렇게 독재자처럼 굴지 않았다면, 아마 완전히 약해지고 말았을 거예요. 저를 차근차근 유인하면 성공하겠지만, 강요는 통하지 않는답니다. 그분은 제가 철없고, 어리석고, 무분별하고, 비현실적이고, 멍청하고, 고집 센 아이이며(이건 그분이 말한 모욕적인 표현 중 일부예요. 나머지는 기억나지 않네요), 저에게 무엇이 좋은지 스스로 모른다고 하더군요. 우리는 다투다시피 이야기했어요. 확실하진 않지만, 다툼을 벌인 게 맞을 거예요!

어쨌든 저는 재빨리 짐을 싸서 여기로 왔어요. 아저씨에게 보낼 편지를 끝마치기 전에, 뒤에 남은 다리가 모두 불길에 휩싸이는 모습을 보는 편이 낫다고 생각했어요. 이제 다리는 다 타버리고 재만 남았습니다. 여기 클리프 탑(패터슨 부인의 별장 이름이에요)에 짐을 풀었고, 플로렌스(둘째)는 벌써 라틴어 명사의 1변화로 고전하고 있어요. 고전하는 게 당연해요! 그 아이는 유난히 응석이 심하거든요. 우선 공부하는 방법부터 가르쳐야겠어요. 지금껏 아이스크림소다를 먹는 것보다 더 어려운 일에 집중해본 적이 없는 아이예요.

저는 조용한 절벽 한 귀퉁이를 교실로 쓰고 있어요. 패터슨 부인은 제가 아이들과 야외에 있기를 바라시거든요. 하지만 눈앞에 푸른 바다가 펼쳐지고 배들까지 지나다니니, 집중하기가 너무 어려워요! 그리고 제가 그중 한 척에 올라타 외국으로 가고 있었을지도 모른다는 생각이 들면…… 하지만 라틴어 문법 외에는 어떤 생각도 하지 않겠어요.

전치사 a나 ab, absque, coram, cum, de, e 또는 ex, prae, pro, sine, tenus, in, subter, sub 그리고 super는 탈격을 지배한다.

자, 보시다시피 아저씨, 저는 유혹에서 고집스레 시선을 돌린 채 이미 일에 푹 빠졌습니다. 부디 저에게 화내지 마시고 아저씨가 베푸신 인정에 감사하지 않는다고 생각하지도 마세요. 왜냐하면 언제나, 언제나 감사한 마음이니까요. 제가 아저씨께 보답할 방법은 아주 유용한 시민이 되는 것뿐입니다(여자도 시민인가요? 아닌 것 같네요). 어쨌든 아주 유용한 사람이 되는 것뿐이에요. 그래서 아저씨가 저를 보며 "저 유용한 사람을 내가 세상으로 내보냈지"라고 말씀하실 수 있도록 말이에요.

멋질 것 같지 않나요, 아저씨? 하지만 아저씨를 속이고 싶지는 않아요. 제가 전혀 뛰어난 사람이 아니라는 생각이 종종 듭니다. 앞으로 할 일을 계획하노라면 즐겁지만, 결국에는 여느 평범한 사람들과 비슷하게 살아갈 가능성이 높아요. 어느 장의사와 결혼해 남편이 하는 일에 영감을 주는 사람이 될지도 모릅니다.

아저씨의 변함없는 벗
주디 올림

8월 19일

키다리 아저씨께

제 방 창밖으로 물과 바위뿐인 아름다운 풍경이, 정확히는 바다 풍경이 펼쳐집니다.

여름이 지나가고 있어요. 저는 아침을 라틴어와 영어와 대수학, 그리고 우둔한 여자아이 둘과 함께 보냅니다. 매리언이 과연 대학에 들어갈 수 있을지, 들어가더라도 계속 다닐 수 있을지 모르겠어요. 그리고 플로렌스로 말하자면, 가망이 없어요. 하지만 아! 얼마나 귀엽고 예쁜지 몰라요. 예쁘기만 하다면 우둔한 건 아무런 문제가 되지 않나 봐요. 하지만 그런 아이들과 대화를 나눠야 한다면 그 남편은 얼마나 지루할까, 하는 생각이 저절로 들어요. 우둔한 남편을 얻을 만큼 운이 좋다면 모를까, 얼마든지 가능한 일이라고 생각해요. 세상은 우둔한 남자로 가득한 모양이니까요. 저도 올여름에 많이 만났죠.

오후에는 함께 절벽을 산책하거나, 조수가 적당하다면 수영을 하기도 해요. 저는 바닷물에서 굉장히 쉽게 헤엄칠 수 있어요. 배운 것을 벌써 이렇게 활용하고 있답니다!

파리에 있는 저비스 펜들턴 씨에게서 편지가 한 통 왔는데, 아주 짧고 간결했어요. 그분 충고를 따르지 않은 저를 아직 용서하지 않았더군요. 하지만 그분이 늦지 않게 돌아온다면, 개강 전에 록 윌로에서 며칠 정도는 함께 지낼 수 있을 거라고 하네요. 제가 아주 상냥하고 친절하고 고분고분하게 대한다면 (편지 내용으로 볼 때) 아마 다시 그분의 호감을 살 수 있을 거예요.

샐리도 편지를 보냈어요. 9월에 2주 동안 샐리네 캠프장에 와서 지내면 좋겠다는 내용이에요. 아저씨의 허락을 받아야 할까요? 이제는 제가 원하는 대로 할 수 있는 시점에 이르지 않았나요? 맞아요, 분명해요. 아시다시피 4학년이잖아요. 여름 내내 일을 했으니, 건강하게 기분 전환을 하고 싶어요. 애디론댁산맥을 보고 싶어요. 샐리를 만나고 싶어요. 샐리 오빠를 만나고 싶어요. 저에게 카누를 가르쳐줄 거예요. 그리고 (비겁하지만 이게 가장 큰 목적인데) 저비 도련님이 록 윌로에 도착했을 때, 제가 거기 없다는 걸 깨달았으면 좋겠어요.

그분이 저에게 명령할 수 없다는 사실을 반드시 알려줘야 해요. 아저씨 말고는 누구도 저에게 명령할 수 없답니다, 아저씨. 아저씨 역시 늘 그러셔도 되는 건 아니에요! 전 숲으로 떠납니다.

주디 올림

아저씨께

　(다행히도) 아저씨 편지가 제때 도착하지 않았어요. 제가 아저씨 지시에 따르기를 바라신다면, 비서에게 2주 안에 반드시 전달하라고 하세요. 보시다시피 저는 여기에 있고 닷새나 지났답니다.

　숲도 좋고, 캠프도 좋고, 날씨도 좋고, 맥브라이드 가족들도 좋고, 온 세상이 좋아요. 저는 무척 행복해요!

　지미가 카누를 타라고 부르고 있어요. 안녕히 계세요. 아저씨 말씀을 따르지 않아 죄송해요. 하지만 조금 놀겠다는데, 왜 그토록 끈질기게 싫다고 하시는 건가요? 여름 내내 일을 했으니, 2주 정도는 놀 자격이 있어요. 아저씨는 지독한 심술쟁이예요.

　하지만…… 아저씨의 모든 결점에도, 여전히 아저씨를 사랑해요.

주디 올림

10월 3일

키다리 아저씨께

학교로 돌아왔고, 4학년이 되었습니다. 교내 잡지 《월간》의 편집장도 맡았어요. 이토록 세련된 사람이 고작 4년 전에는 존 그리어 보육원의 일원이었다니, 가능한 일이라고 생각하세요? 미국에서는 사람들이 참 빠르게 성공하는군요!

이건 어떻게 생각하세요? 저비 도련님이 보낸 짤막한 편지가 록 윌로로 갔다가 여기로 다시 전달되었어요. 미안하지만 올가을에는 록 윌로에 갈 수 없다는 내용이에요. 요트를 타러 가자는 친구들의 초대를 받아들였다는군요. 즐거운 여름을 보냈기를 바라고, 시골 생활도 즐겼기를 바란다는 말도 있어요.

하지만 그분은 제가 맥브라이드 가족과 함께 있다는 걸 쭉 알고 있었어요. 줄리아가 말했을 테니까요! 남자들은 계략 같은 걸 꾸미고 싶더라도 여자들한테 맡겨야 해요. 재능이 전혀 없잖아요! 줄리아는 아주 황홀한 새 옷을 여행 가방 가득 담아왔어요. 무지갯빛 리버티 크레이프로 만든 야회복은 천국의 천사들에게나 어울릴 만한 옷이에요. 저는 올해 제 옷이 전례 없이(이런 표현이 있나요?) 아름답다고 생각했어요. 수고비가 저렴한 재봉사의 도움으로 패터슨 부인의 옷을 모방해 만들었는데, 원래 옷들과 똑같이 나오진 않았지만 줄리아가 짐을 풀 때까지는 완전히 만족스러웠어요. 하지만 지금은…… 저도 언젠가는 꼭 파리에 가겠어요!

아저씨, 여자가 아니라 다행이라고 생각하지 않으세요? 우리가 옷 때문에 법석을 떠는 모습이 너무 바보 같다고 생각하시겠죠? 분명히 그러실 거예요. 하지만 그건 전적으로 아저씨 같은 남자들 잘못이에요.

여성복에 달린 불필요한 장식을 경멸하고 합리성과 실용성을 선호한, 박식한 모 교수님 이야기를 들어보셨어요? 그의 부인은 협조적인 사람이어서 '의상 개혁'을 선택했대요. 그런데 그 교수가 어떻게 했는지 아세요? 합창단원과 눈이 맞아 달아났답니다.

아저씨의 변함없는 벗

주디 올림

• 추신 •

우리 층을 맡은 기숙사 청소 담당자가 파란색 바둑판무늬 무명 앞치마를 입어요. 대신 갈색 앞치마를 사주고 그 파란색 앞치마는 호수 밑바닥으로 가라앉혀 버릴 거예요. 그 앞치마를 볼 때마다 떠오르는 기억 때문에 오싹합니다.

키다리 아저씨께

제 문학 활동에 매우 어두운 그림자가 드리웠어요. 아저씨께 말씀드려야 할지 어떨지 모르겠지만, 위로를 좀 얻고 싶습니다. 조용한 위로가 필요해요. 그러니 다음번 편지에서 그 이야기를 입에 올려, 상처를 새삼 건드리지는 말아주세요.

책을 한 권 쓰고 있었어요. 작년 겨울에는 저녁마다, 올여름에는 우둔한 두 아이에게 라틴어를 가르치지 않는 시간 동안 썼죠. 개강 직전에 작품을 완성해서 출판사에 보냈어요. 두 달 동안 제 원고를 그대로 가지고 있기에 출간을 확신했어요. 하지만 어제 아침에 빠른우편(요금으로 30센트를 지불했어요)이 왔는데, 제 원고와 함께 출판사에서 보낸 편지가 동봉되어 있었어요. 아버지처럼 아주 자상하게 쓴 편지였지만, 솔직한 내용이었죠! 담당 편집자는 주소를 보고 제가 아직 대학에 재학 중이라는 것을 알았다고, 조언을 받아들일 의향이 있다면 지금은 학과 공부에 전념하고 졸업할 때까지 기다렸다가 그때부터 글을 쓰기를 권한다고 했습니다. 독자의 견해도 첨부했더군요. 그 내용은 다음과 같아요.

'플롯의 개연성이 매우 빈약함. 성격 묘사가 과장됨. 대화가 부자연스러움. 유머를 자주 구사하나 늘 고상하지는 않

음. 계속 노력하다 보면 언젠가는 진짜 소설을 쓸 수 있을지도 모른다고 전해주길 바람.'

칭찬은 거의 없죠, 아저씨? 그런데도 저는 미국 문학의 발전에 놀라운 기여를 하고 있다고 생각했어요. 정말 그랬어요. 졸업 전에 훌륭한 소설을 써서, 아저씨를 놀라게 해드릴 계획이었죠. 지난 크리스마스 때 줄리아의 집에 머무는 동안 글감을 수집했어요. 하지만 편집자의 말이 옳아요. 대도시의 관례와 풍습을 관찰하기에, 2주는 아마 충분한 기간이 아니었겠죠.

어제 오후에 원고를 들고 산책을 나갔어요. 가스실에 이르렀을 때, 안으로 들어가 담당 기사에게 용광로를 잠시 빌려 써도 되느냐고 물었어요. 가스실 담당 기사가 정중하게 용광로 문을 열어주었고, 저는 제 손으로 원고를 던져 넣었습니다. 제가 낳은 아이를 화장하는 기분이 들더군요!

어젯밤에는 몹시 허탈한 기분으로 잠자리에 들었어요. 제가 결국 아무것도 되지 못할 거라는 생각과 아저씨는 돈을 헛되이 쓰신 거라는 생각을 했죠. 그런데 그거 아세요? 오늘 아침, 잠에서 깼더니 머리에 멋진 줄거리가 새로 떠올랐어요. 저는 종일 더없이 행복한 마음으로 등장인물들을 구상하며 바쁘게 보냈답니다. 누구도 저를 비관주의자라며 비난할 수는 없을걸요! 어느 날 지진이 제 남편과 자녀 열둘을 삼켜

버리더라도, 저는 다음 날 아침에 웃음을 지으며 힘차게 일어나 다른 가족을 찾아 나설 겁니다.

애정을 담아

주디 올림

12월 14일

키다리 아저씨께

　어젯밤에 기묘하기 이를 데 없는 꿈을 꾸었어요. 서점에 들어간 것 같은데, 점원이 저에게 『주디 애벗의 생애와 편지』라는 신간을 가져다주었어요. 그 책이 아주 또렷이 보였습니다. 빨간색 천으로 감싼 겉표지에 존 그리어 보육원 사진이 있고 속표지에는 제 초상화가 실렸는데, 밑에 '여러분의 진정한 벗, 주디 애벗'이라고 적혀 있었어요. 하지만 제 묘비에 적힌 글귀를 읽으려고 마지막 장을 펼치려는데, 잠이 깼어요. 짜증이 밀려왔어요! 제가 누구와 결혼하고 언제 죽는지 알아낼 뻔했는데 말이에요.

　내 인생 이야기를, 전지전능한 저자가 완벽하게 사실대로 쓴 이야기를 실제로 읽을 수 있다면, 재미있지 않을까요?

그리고 이런 조건으로만 읽을 수 있다고 생각해보세요. 그 이야기를 결코 잊지 못할 것이고, 내가 하는 모든 행동이 정확히 어떤 결과를 초래할지 미리 아는 상태로, 그리고 자신이 죽을 정확한 시각까지 예견하는 상태로 평생을 살아야 해요. 그럴 경우, 용기를 내서 그 이야기를 읽을 사람이 얼마나 될까요? 혹은 희망도 뜻밖의 놀라움도 없이 살아가는 대가를 치를지언정, 호기심을 억눌러 그 이야기를 읽지 않고 버틸 사람은 얼마나 될까요?

인생은 기껏해야 단조로울 뿐입니다. 먹고 자기를 몇 번이고 반복해야 하죠. 하지만 식사와 식사 사이에 뜻밖의 일이 전혀 일어나지 않는다면, 삶이 무섭도록 단조로울 거라는 사실을 생각해보세요. 이런! 아저씨, 잉크 얼룩이 생겼어요. 하지만 석 장째 쓰고 있으니 새 편지지에 다시 쓸 수가 없어요.

올해에도 생물학을 수강할 거예요. 아주 흥미로운 과목이죠. 지금은 소화계를 배우고 있습니다. 고양이의 십이지장 단면을 현미경으로 보면 얼마나 아름다운지, 아저씨도 보셔야 해요.

철학도 배우게 되었어요. 재미있지만 덧없는 학문이에요. 저는 토론한 주제를 관찰판에 핀으로 고정할 수 있는 생물학이 더 좋습니다. 얼룩이 또 생겼어요! 그리고 또! 이 펜이 엉엉 울고 있네요. 부디 이 눈물을 용서해주세요.

아저씨는 자유의지를 믿으세요? 저는 믿어요, 무조건. 모든 행위가 전적으로 필연적인 것이고, 동떨어진 여러 원인이 모여 기계적으로 나타난 결과라고 여기는 철학자들의 생각에 조금도 동의하지 않아요. 그건 제가 들어본 이야기 중에서도 가장 비도덕적인 신조예요. 누가 무슨 잘못을 하건 책임을 묻지 않는다는 뜻이잖아요. 운명론을 믿는 사람이라면, 당연히 가만히 앉아서 "주님 뜻대로 이루어지리라"라는 말만 하면서 가만히 앉아 있을 테고, 그렇게 주저앉아 있다가 결국 죽어서 쓰러지고 말 거예요.

저는 제 자유의지와 뭔가를 성취해내는 제 능력을 전적으로 믿어요. 그리고 그건 산을 움직일 수 있는 믿음입니다. 제가 위대한 작가가 되는 모습을 지켜봐주세요! 새 책을 네 번째 장까지 썼고, 초안을 잡아둔 분량이 다섯 장 더 있어요.

참 난해한 편지네요. 머리 아프지 않으세요, 아저씨? 이쯤에서 그만두고 퍼지를 만들어야겠어요. 한 조각 보내드릴 수 없어서 유감이에요. 굉장히 맛있을 거예요. 진짜 크림과 버터 세 덩이를 넣어 만들 거니까요.

애정을 담아
주디 올림

체육 시간에 복잡한 춤을 배우고 있답니다. 그림을 보시면 아시겠지만, 우리는 진짜 발레단처럼 보여요. 끝에서 한쪽 다리를 들고 우아하게 도는 사람이 바로 저예요.

12월 26일

정말, 정말 친애하는 아저씨께

분별력을 잃어버리신 건 아닌가요? 젊은 아가씨에게 크리스마스 선물을 열일곱 개나 보내서는 안 된다는 걸 모르세요? 제가 사회주의자라는 사실을 부디 기억해주세요. 저를 금권정치가로 만들고 싶으신 거예요?

우리가 다툼이라도 한다면 얼마나 당황스러울지 생각해 보세요! 아저씨가 주신 선물을 돌려보내려면 이삿짐 운반차를 동원해야 할 정도예요.

비뚤름한 넥타이를 보내드려서 죄송해요. 제가 직접 짜

서 그렇답니다(내적 증거를 통해 분명 깨달으셨겠죠). 그 넥타이는 추운 날 매시되, 외투 버튼을 끝까지 단단히 잠그셔야해요.

아저씨, 무한히 감사드립니다. 아저씨는 세상에서 가장 자상한 분이에요. 가장 바보 같은 분이기도 하고요!

주디 올림

새해에 아저씨께 행운이 찾아오도록 맥브라이드네 캠프장에서 가져온 네잎클로버를 보냅니다.

1월 9일

아저씨, 혹시 영원한 구원을 보장해줄 일을 하실 의향이 있나요? 굉장히 절망적인 곤경에 빠진 가족이 있어요. 어머니와 아버지, 그리고 지금은 네 아이가 함께 살아요. 나이가 더 많은 아들 둘은 돈 좀 벌어보겠다며 세상 속으로 자취를 감추고는, 동전 한 푼 보내지 않았어요. 아버지는 유리 공장에서 일하는데, 폐결핵에 걸렸어요. 건강에 지독히 나쁜 영향을 미치는 일이잖아요. 지금 그 아버지는 병원에 입원했어요. 그 탓에 모아둔 돈이 모두 병원비로 들어갔고, 가족을 부양할 책임은 스물다섯 살인 큰딸에게 돌아갔습니다. 큰딸은 재봉일로 하루에 1달러 50센트를 받고(물론 일감이 있을 경우에만), 저녁에는 식탁 장식에 수를 놓아요. 어머니는 몸이 몹시 약하고 굉장히 무능한데, 신앙심만 깊어요. 어머니가 내내 체념한 모습으로 두 손을 모으고 앉아 있는 동안, 딸은 과로와 책무와 근심으로 죽을 지경이에요. 남은 겨울을 어떻게 견뎌야 할지 막막하니까요. 제가 생각해도 그래요. 백 달러면 석탄을 사고, 세 아이가 신을 신발도 사서 아이들을 학교에 보낼 수 있고, 그러고도 돈이 좀 남을 테니 큰딸은 일감 없이 며칠을 보내더라도 죽도록 걱정할 필요가 없을 거예요.

아저씨는 제가 아는 사람 중 제일 부유한 분입니다. 백 달러를 주실 수 있지 않나요? 그 아가씨는 저보다 도움을 받을 자격이 훨씬 충분해요. 그 아가씨가 아니라면, 저도 부탁 드리지 않을 거예요. 그 집 어머니에게 무슨 일이 일어나건 관심 없습니다. 의지라고는 눈곱만큼도 찾아볼 수 없는 사람이에요.

　사람들은 그런 상황이 아니라는 걸 아주 확실히 알면서도 하늘만 말똥말똥 쳐다보며 "아마 이게 최선일 거야"라고 말하는데, 그 꼴을 보면 화가 치밀어요. 그걸 겸손이나 체념이라고 부르건 다른 이름으로 부르건, 실은 허약한 타성일 뿐이에요. 저는 더 과격한 종교를 지지하겠어요!

　내일 철학 시간에는 가장 가혹한 수업을 받게 돼요. 쇼펜하우어의 사상 전체를 다루기로 했거든요. 교수님은 우리가 다른 과목도 수강한다는 사실을 모르시는 모양이에요. 나이 많은 괴짜라고나 할까요. 공상에 잠겨 돌아다니시다가, 가끔 현실과 마주치면 멍하게 눈을 깜빡이신답니다. 종종 재담을 섞어가며 수업 분위기를 밝게 만들려 애쓰시고 우리도 최선을 다해 웃음을 짓지만, 장담하는데 그분이 하는 농담은 웃을 만한 게 아니에요. 그 교수님은 수업이 없을 때도, 물질이 실제로 존재하는지 아니면 존재한다고 여겨지는 것뿐인지 알아내는 데 모든 시간을 쓰신답니다.

　제가 말한, 재봉사로 일하는 큰딸이라면 분명 물질이 존재한다는 걸 전혀 의심하지 않을 거예요!

　저의 새 소설이 지금 어디에 있는지 아세요? 쓰레기통에 있어요. 장점이 전혀 없다는 게 제 눈에도 보입니다. 애정을 가진 작가도 그 사실을 아는데, 비판적인 대중은 어떤 판단을 내리겠어요?

얼마 뒤

아저씨, 침대에서 아픈 몸으로 편지를 씁니다. 편도선이 부어 이틀 동안 누워 있었어요. 이제 따뜻한 우유 정도는 삼킬 수 있어요. 의사는 의아하다는 듯이 "부모님은 대체 무슨 생각으로 환자가 어릴 때 그 편도선을 떼어내지 않았죠?"라고 말했어요. 물론 저야 모르지만, 부모님이 저를 중요하게 생각한 것 같지는 않습니다.

아저씨의 벗

J. A. 올림

다음 날 아침

편지를 봉투에 넣기 전에 지금 막 다시 읽어봤어요. 인생을 왜 그렇게 암울한 분위기로 묘사했는지 모르겠어요. 제가 분명 젊고 행복하고 활기차다는 사실부터 서둘러 알려드립니

다. 아저씨도 마찬가지일 거라 믿어요. 젊음은 나이와 상관
없고, 생기 넘치는 정신이 중요하니까요. 그러니 아저씨의
머리가 하얗게 세었더라도 여전히 소년일 수 있답니다.

애정을 담아
주디 올림

1월 12일

친애하는 박애주의자께

제가 말씀드린 가족에게 주시는 수표가 어제 도착했어
요. 정말 감사드립니다! 체육 시간을 빼먹고 점심 식사 직후
에 곧장 그 가족에게 수표를 가져다주었어요. 그 아가씨의
표정을 보셨어야 하는데! 너무 놀라고 행복하고 안도한 나머
지, 젊어진 것처럼 보였답니다. 사실 스물네 살밖에 되지 않
았지만 말이에요. 정말 안타깝지 않나요?

어쨌든 그 아가씨 말로는 좋은 일이 한꺼번에 몰려오는
것 같대요. 앞으로 두 달 동안 할 수 있는, 고정적인 일감이
생겼거든요. 결혼을 앞둔 누군가의 혼수를 맡았답니다.

그 집 어머니는 작은 종잇조각이 백 달러라는 사실을 깨

닫자 "하느님, 감사합니다!"라고 외쳤어요.

"하느님이 주신 게 아니에요"라고 제가 말했어요. "키다리 아저씨가 주신 거예요." (물론 '스미스 씨'라고 했죠.)

"하지만 그분에게 그런 생각을 주신 분은 선한 하느님이시지." 그 집 어머니가 대답하더군요.

"천만에요! 그분이 그런 생각을 하게 만든 사람은 저예요." 제가 말했어요.

하지만 어쨌든 아저씨, 저는 선한 하느님이 아저씨에게 마땅한 상을 주실 거라 믿어요. 연옥(가톨릭 교리에 따르면 죽은 사람의 영혼은 천국에 들어가기 전에 연옥이라는 곳에 머물며, 생전의 죄를 씻기 위해 뜨거운 불속에서 정화되는 시간을 갖는다 – 옮긴이)에서 1만 년은 일찍 탈출할 자격이 생긴 거예요.

감사한 마음으로 가득한

주디 애벗 올림

2월 15일

폐하께 삼가 황송한 말씀 아뢰옵니다.

금일 오전에는 차가운 칠면조 파이와 거위 고기로 조반

을 들었고, 이전에 마셔본 적 없는 차(중국차)를 한잔 대령하라 하였나이다.

불안해하지 마세요, 아저씨. 전 미치지 않았어요. 새뮤얼 피프스의 말을 인용한 것뿐이에요. 요즘 영국사와 관련해 그 사람이 쓴 일기를 원전 그대로 읽는 중이에요. 샐리와 줄리아, 저는 이제 1660년대 어투로 대화를 나눠요. 이것 좀 들어 보세요.

'본인은 채링 크로스에 가서 해리슨 소령이 교수형과 사지가 사방으로 찢기는 참형을 당하는 모습을 목도하였다. 그는 그 상황에서도 아무 일 없는 사람처럼 쾌활해 보였다.' 이것도 들어보세요. '어제 홍반열로 사망한 남동생을 위하여 아름다운 상복을 차려입은 부인과 만찬을 들었노라.'

그렇게 즐거운 시간을 보내기엔 조금 이르지 않나요? 피프스의 어느 친구는 해묵고 썩은 식량을 가난한 사람들에게 팔아서 빚을 왕이 갚도록, 아주 교활한 방책을 마련했어요. 개혁가로서 아저씨는 그걸 어떻게 생각하세요? 저는 요즘 우리 사회가 신문에서 주장하듯이 그렇게 나쁜 상태는 아니라는 생각이 드네요.

새뮤얼은 여자만큼이나 자기 옷에 대한 관심이 대단했어요. 옷에다가 아내가 쓰는 것보다 다섯 배나 많은 돈을 썼답니다. 남편들의 황금기였던 모양이에요. 다음 내용은 좀 애처롭지 않나요? 보시다시피 그는 정말 솔직했어요. '오늘 금 단추가 달린 고급 낙타털 망토가 집에 도착하였다. 고가의 옷이니만큼, 이 몸이 값을 지불할 수 있게 해달라고 하느님께 기도를 올리는 바이다.'

피프스 이야기만 늘어놓아서 죄송해요. 피프스를 주제로 특별 논문을 쓰는 중이에요.

어떻게 생각하세요, 아저씨? 자치회에서 열 시 소등 규정을 폐지했어요. 이제 원하면 밤새 불을 켜둘 수 있어요. 다른 사람을 방해하면 안 된다는 요건이 하나 있는데, 많은 사람이 함께 모여 노는 건 안 된다는 뜻이죠. 시행 결과, 멋지게도 인간 본성이 여실히 드러나더군요. 원하는 만큼 늦게까지 깨어 있어도 된다고 하니, 이제는 그러고 싶은 마음이 들지 않는 거예요. 아홉 시면 다들 고개를 꾸벅거리기 시작하고, 아홉 시 반쯤에는 힘 빠진 손에서 펜이 떨어져요. 지금은 아홉 시 반이에요. 안녕히 주무세요.

일요일

교회에서 막 돌아왔어요. 조지아주에서 온 목사님이 설교를 했죠. 우리가 감성적인 본성을 희생하며 지성을 개발하지 않도록 주의해야 한다고 말씀하시더군요. 하지만 생각건대, 빈약하고 무미건조한 설교였나이다(또 피프스가 나왔네요). 목사님들은 미국이나 캐나다 어느 지역 출신이건, 또는 어느 종파건 설교가 늘 똑같아요. 대체 왜 남자 대학에 가서 학생들에게 머리를 지나치게 쓰느라 남성적인 본성을 잃어서는 안 된다고 주장하지 않는 거죠?

아름다운 날씨예요. 얼음이 얼었고, 쌀쌀하지만 맑은 날이에요. 저녁 식사를 마치자마자 저는 샐리, 줄리아, 마티 킨과 앨리너 프랫(모르시겠지만 두 사람은 제 친구예요)과 함께 짧은 치마를 입고 들판을 가로질러 크리스털 스프링 농장에 가서, 야식으로 닭튀김과 와플을 먹은 다음 크리스털 스프링 씨에게 짐마차로 학교까지 데려다달라고 할 거예요. 원래 일곱 시에는 캠퍼스에 들어와야 하지만 오늘 밤에는 특별히 여덟 시까지는 허락하기로 했어요.

안녕히 계세요, 친절하신 나리

나리의 충성스럽고 공손하며 성실하고
순종적인 종이 되기로 약조하였음을
영광스럽게 여기며
J. 애벗 올림

3월 5일

친애하는 이사님께

　내일은 이달의 첫 수요일입니다. 존 그리어 보육원에서는 매우 피곤한 날이죠. 다섯 시가 되어 이사님들이 머리를 쓰다듬어주고 떠나면, 아이들은 얼마나 마음이 놓일지! 아저씨, 혹시 (개인적으로) 제 머리를 쓰다듬어주신 적이 있나요? 그렇진 않을 거예요. 제 기억으로는 뚱뚱한 이사님들만 그랬던 것 같아요.

　보육원에 애정 어린 안부를 전해주세요. 진정한 애정이에요. 4년이라는 아련한 시간을 보내고 뒤돌아보니, 보육원에 대한 마음이 꽤 부드러워졌네요. 처음 대학에 왔을 때는 다른 아이들이 누렸을 평범한 어린 시절을 빼앗겼다는 이유로 분노를 느꼈어요. 하지만 지금은 그런 마음이 조금도 없습니다. 그 시절이 아주 특이한 모험으로 여겨집니다. 그 시절은 저에게 한 걸음 물러서서 삶을 바라보는, 유리한 관점을 선사해줍니다. 온전한 어른이 된 저는 풍요로운 환경에서 자란 다른 사람들이 전혀 갖추지 못한, 세상에 대한 시각을 갖게 되었어요.

　제가 아는 많은 친구들(예를 들어 줄리아)은 자신이 행복하다는 사실을 알지 못합니다. 행복한 느낌에 너무 익숙해져서 행복을 느끼는 감각이 무뎌진 거예요. 하지만 제 경우에는 제가 행복하다는 사실을 삶의 매 순간 아주 확실하게 알고 있어요. 그리고 아무리 불쾌한 일이 일어나도 행복한 마음을 잃지 않을 겁니다. 불쾌한 일을(설령 그게 치통이라고 해도) 재미있는 경험으로 받아들이며, 그게 어떤 느낌인지 알게 되어 기쁘게 여길 겁니다. "머리 위에 어떤 하늘이 펼쳐지건, 모든 운명을 받아들일 마음이 여기 있다네."(영국의 낭만주의

시인 바이런의 시 「토머스 무어에게To Thomas Moore」 2연 일부 – 옮긴이)

하지만 아저씨, 제가 존 그리어 보육원에 느끼는 이 새로운 애정을 너무 곧이곧대로 받아들이시면 안 돼요. 루소처럼 저에게 다섯 자녀가 있더라도, 그 아이들이 반드시 검소하게 자라야 한다며 보육원 계단에 버리지는 않을 테니까요.
(18세기 프랑스의 사상가 장 자크 루소는 전인교육을 중요시해야 한다는 자신의 교육론을 담은 『에밀』을 출간해 당대 프랑스는 물론이고 근대 인간 교육 이념에도 큰 영향을 미쳤다. 그러나 사생활에서는 어떤 이유였건 자신의 아이 다섯 명을 모두 파리의 보육원에 맡겨버리는 모순적인 행동을 보였다. 그런 자신의 행동에 대한 죄책감이 『에밀』의 일부에서 드러난다 – 옮긴이)

리펫 원장님께 제 따뜻한 안부 전해주시고(이건 진심인 것 같아요. 애정이라고 했으면 너무 지나친 표현이었을 테고요), 제가 얼마나 아름다운 심성을 갖추게 되었는지 잊지 말고 말씀해주세요.

애정을 담아

주디 올림

록 윌로에서

4월 4일

아저씨께

우체국 소인 보이세요? 샐리와 저는 부활절 방학 동안 우리들의 존재로 록 윌로를 아름답게 물들이고 있답니다. 우리는 열흘간의 방학 동안 할 수 있는 가장 멋진 일이 조용한 곳에서 지내는 것이라고 결론을 내렸어요. 퍼거슨 기숙사에서는 한 끼도 더 먹지 못할 정도로 신경이 예민해진 탓이에요. 지친 상태에서 400명이나 되는 학생들과 한 공간에서 식사하는 일은 큰 시련이에요. 너무 시끄러워서, 두 손을 모아 확성기처럼 입에 대고 외치지 않으면 식탁 맞은편에 앉았는데도 말소리가 들리지 않아요. 사실이에요.

우리는 터벅터벅 언덕을 넘고, 책을 읽고, 글을 쓰면서, 멋지고 평화로운 시간을 보내고 있습니다. 오늘 아침에는 저비 도련님과 저녁을 만들어 먹었던 '스카이 힐' 꼭대기에 올랐어요. 그 뒤로 2년 가까이 지났다는 게 믿기지가 않아요.

우리가 피운 모닥불 연기에 바위가 검게 그을린 자국을 아직도 볼 수 있어요. 특정한 장소가 특정한 사람들과 연결되어 그 장소를 다시 찾으면 그 사람들이 떠오르다니, 참 재미있죠. 그분이 없어서 무척 외로웠어요. 2분 동안은.

　최근 제가 무엇을 하고 지내는지 아세요, 아저씨? 구제 불능이라고 생각하시겠지만, 책을 쓰고 있답니다. 3주 전에 쓰기 시작했는데, 지금은 술술 풀리고 있어요. 비결을 깨달았거든요. 저비 도련님과 편집자의 말이 옳았어요. 자신이 아는 것에 대해 쓸 때 가장 설득력이 있죠. 그리고 이번에는 제가 아주 잘 아는 것에 대해 쓰고 있어요. 속속들이 잘 아는 것이죠. 그 이야기의 무대가 어디일까요? 존 그리어 보육원이에요! 그리고 글이 괜찮아요, 아저씨. 정말 그렇다고 생각해요. 매일 일어난 사소한 일에 대한 이야기에 불과하지만 말이에요. 이제 저는 사실주의자입니다. 낭만주의는 포기했어요. 그래도 나중에 모험 가득한 미래가 제 앞에 펼쳐지면, 다시 낭만주의로 돌아갈 거예요.

　새로 쓰는 이 책은 반드시 마무리할 거고, 출판도 할 거예요! 어떻게 될지 두고 보세요. 간절히 원하며 계속 노력한다면, 결국에는 얻게 돼요. 저는 4년 동안 아저씨 편지를 받으려고 노력했어요. 그리고 아직 희망을 버리지 않았습니다.

　안녕히 계세요, 사랑하는 아저씨.

(사랑하는 아저씨라고 부르는 게 좋아요. 리듬감이 살아나요.)

애정을 담아
주디 올림

• 추신 •

농장 소식을 전하는 걸 깜빡했어요. 하지만 무척 고통스러운 소식이에요. 마음이 어수선해지는 게 싫으시면 이 추신은 건너뛰세요.

가여운 그로버가 죽었어요. 너무 늙어 음식을 씹지도 못하는 지경이라 총으로 쏴서 죽여야 했어요.

지난주에는 닭 아홉 마리가 족제비 아니면 스컹크에게 물려 죽었어요.

암소 한 마리가 아파서, 보니릭 사거리에서 수의사를 데려와야 했어요. 아마사이가 밤새 암소에게 아마유와 위스키를 먹였어요. 하지만 그 가여운 암소가 먹은 건 아마유뿐이었을 거라고, 우리 모두 강력하게 의심했죠.

감상적인 토미(삼색 얼룩 고양이)가 사라졌어요. 덫에 걸린 게 아닌지 모두 염려하고 있어요.

세상에는 괴로운 일이 참 많네요!

키다리 아저씨께

　펜만 봐도 어깨가 아파서, 이번 편지는 아주 짧게 쓸 거예요. 낮에는 내내 강의 내용을 필기하고, 저녁에는 불후의 소설을 쓰느라 펜을 오래 잡았거든요.

　다음 주 수요일부터 3주가 지나면 졸업식입니다. 졸업식에 오셔서 처음으로 저를 만나주시겠죠? 오시 않으시면, 아저씨를 미워하겠어요! 줄리아는 가족인 저비 도련님을 초대하고, 샐리는 역시 가족인 지미 맥브라이드를 초대할 텐데, 제가 초대할 사람이 누가 있나요? 아저씨와 리펫 원장님뿐인데 원장님은 싫어요. 제발 와주세요.

작품 활동으로 얻은 경련과 애정을 담아

주디 올림

록 윌로에서
6월 19일

저 졸업했습니다! 졸업장은 가장 좋은 드레스 두 벌과 함께 서랍장 가장 아래 칸에 넣어두었어요. 졸업식은 중요한 순간에 소나기가 몇 번 내리는 등 다른 해와 비슷했어요. 장미꽃 보내주셔서 감사드립니다. 아름다웠어요. 저비 도련님과 지미 도련님도 저에게 장미를 주었지만, 그 꽃다발은 욕조에 넣어두고 졸업생 행진 때는 아저씨가 주신 꽃을 들었답니다.

지금은 여름을 보내려고 록 윌로에 머물고 있어요. 어쩌면 영원히 머물지도 모르죠. 하숙비가 저렴하거든요. 주변이 조용하고, 글을 쓰며 지내기 적당합니다. 고군분투 중인 작가가 그 밖에 무엇을 더 바랄까요? 저는 제 책에 미친 듯이 빠졌습니다. 깨어 있는 동안 매 순간 그 책을 생각하고 밤에도 책에 대한 꿈을 꿉니다. 제가 바라는 건 평온과 고요와 글을 쓸 수 있는 충분한 시간뿐이에요(틈틈이 영양가 있는 식사로 변화를 주고요).

8월에는 저비 도련님이 와서 일주일 정도 묵을 예정이고, 지미 맥브라이드는 여름이 지나가기 전에 한 번 들르기로 했어요. 지미는 지금 금융회사와 연결되어 전국을 돌아다니며 은행에 채권을 판다는군요. 사거리에 있는 '파머스' 국립은행에 들르는 김에 저도 찾아오기로 했어요.

그러니 록 윌로에 있어도 사람들을 아예 만나지 못하는 건 아니에요. 아저씨가 자동차를 타고 지나가다 들르시면 좋겠다고 늘 생각했어요. 하지만 이제는 그럴 일이 없다는 사실을 압니다. 아저씨가 제 졸업식에 오지 않으셨을 때, 제 마음에서 아저씨를 뜯어내 영원히 묻어버렸어요.

문학사, 주디 애벗 올림

7월 24일

사랑하는 키다리 아저씨

일을 하니 즐겁지 않으세요? 아니면 일을 해보신 적이 없나요? 자기가 하는 일이 세상 그 무엇보다도 하고 싶은 일이라면, 특히 즐거울 거예요. 올여름에는 펜이 멈출세라 빠른 속도로 글을 써 내려가고 있습니다. 인생에 불만이 있다면, 머리에 떠오르는 아름답고 가치 있고 재미있는 생각을 모두 글로 쓸 만큼 하루가 길지 않다는 것뿐이에요.

두 번째 교정 원고를 끝냈고, 내일 아침 일곱 시 반에 세 번째로 고쳐 쓰기 시작할 거예요. 아저씨가 지금껏 본 어떤 책보다도 사랑스러운 책이에요. 정말이에요. 이 책 외에 다른 생각은 하지 않아요. 빨리 아침이 와서, 옷을 입고 식사를 해치운 다음 글을 쓸 수 있으면 좋겠어요. 글을 쓰고 또 쓰다 보면 갑자기 피로가 몰려오면서 온몸에서 힘이 쭉 빠집니다.

그러면 콜린(새로운 양치기 개)과 함께 밖으로 나가 들판에서 뛰놀며 다음 날 쓸 아이디어를 새로 얻는답니다. 아저씨가 여태껏 본 것 중 가장 아름다운 책이에요. 아, 죄송해요. 이미 말씀드렸네요.

제가 우쭐댄다고 생각하시진 않겠죠, 아저씨?

정말 아니에요. 그냥 지금은 열정이 불타오르는 시기라서 그래요. 어쩌면 나중에는 열정이 식어 비판적인 태도로 콧방귀를 뀔지도 모르죠. 아니, 분명 그렇진 않을 거예요! 이번에는 진짜 책을 썼으니까요. 기다리시다 보면, 아시게 될 거예요.

잠깐 화제를 돌려볼게요. 아마사이와 캐리가 지난 5월에 결혼했다는 사실, 제가 말씀드리지 않았죠? 두 사람은 여전히 이곳에서 일하지만 제가 보기에는 결혼이 두 사람 다 망쳐놓았어요. 예전에 캐리는 아마사이가 진흙탕을 밟거나 바닥에 재를 떨어뜨리면 소리 내어 웃었지만, 지금은…… 그 잔소리를 아저씨도 들어보셔야 해요! 또 캐리는 이제 머리를 둥글게 말지도 않아요. 예전에 매우 친절하게 양탄자를 털어주고 장작을 날라주던 아마사이는 그런 일로 말을 꺼내면 투덜거려요. 넥타이도 무척 우중충해요. 예전에는 진홍색과 자주색이었는데, 이제는 검정색과 갈색이에요. 저는 절대 결혼하지 않기로 결심했습니다. 결혼은 사람이 퇴보하는 과정인

게 분명해요.

농장에는 새 소식이랄 게 별로 없어요. 동물들은 모두 아주 건강합니다. 돼지들은 유난히 살이 쪘고, 암소들은 만족스러워 보이며 암탉들은 알을 잘 낳아요. 혹시 양계에 관심 있으세요? 그러면 『암탉 한 마리 1년에 달걀 200개』라는 대단히 유용한 소책자를 추천해드립니다. 내년 봄에는 부화기를 이용해 영계를 길러볼까, 생각 중이에요. 보시다시피 저는 록 윌로에 영원히 정착했어요. 앤서니 트롤럽(19세기 영국 소설가로, 대표작으로는 『숲지기』와 연작 소설인 『바셋주 이야기』가 있다. 어머니인 프랜시스 밀턴 트롤럽 역시 소설과 여행기를 비롯해 많은 작품을 남긴 작가였다—옮긴이)의 어머니처럼 소설 114편을 쓸 때까지는 여기 머물기로 마음먹었습니다. 그렇게 하면 제 필생의 역작을 완성하고 은퇴해 여행을 다닐 수 있겠죠.

지난 일요일에는 지미 맥브라이드가 우리와 함께 시간을 보냈답니다. 저녁으로 닭튀김과 아이스크림이 나왔는데, 두 가지 다 맛있게 먹는 것 같더군요. 지미를 다시 만나게 되어 굉장히 반가웠어요. 넓은 세상이 존재한다는 사실을 잠시나마 일깨워주었으니까요. 가여운 지미는 채권을 팔러 다니느라 어려움을 겪고 있어요. 사거리에 있는 파머스 국립은행은 이자가 6퍼센트, 때로는 7퍼센트나 붙는다는대도 전혀 거래할 생각이 없나 봐요. 제 생각에 지미는 결국 우스터에 있는 집으로 돌아가, 아버지 공장에 취직할 것 같아요. 금융업자로 성공하기에는 너무 솔직하고, 남을 잘 믿고, 인정 많은 사람이니까요. 하지만 성업 중인 작업복 공장의 경영자 정도면, 아주 바람직한 자리 아닌가요? 지금은 작업복에 눈길도 안 주지만 결국 거기로 갈 거예요.

작품 활동 중에 경련이 생긴 사람이 이렇게 긴 편지를 썼다는 사실을 인정해주시면 좋겠어요. 하지만 여전히 아저씨를 사랑해요. 그리고 몹시 행복해요. 주변의 아름다운 풍경과 풍부한 음식, 기둥이 네 개 달린 안락한 침대, 수북이 쌓인 백지, 넉넉한 잉크가 있는데, 세상에서 무엇을 더 바랄까요?

아저씨의 변함없는 벗

주디 올림

• 추신 •

집배원이 새 소식을 더 가져왔어요. 다음 주 금요일에 저비 도련님이 와서 일주일 동안 묵는대요. 생각만 해도 아주 즐거워요. 다만 제 가여운 책이 시련을 당할까 봐 걱정스러워요. 저비 도련님은 아주 까다롭거든요.

키다리 아저씨께

아저씨는 어디 계신가요? 궁금해요. 세상 어느 곳에 계신지 알 수 없지만, 이렇게 날씨가 끔찍할 때 뉴욕에 계시지는 않길 바랍니다. 산봉우리(스위스 말고 좀 더 가까운 곳)에서 눈을 바라보며 제 생각을 하고 계시면 좋겠어요. 제발 제 생각을 해주세요. 너무 외로워서 누군가 제 생각을 해주면 좋겠어요. 아, 아저씨, 제가 아저씨를 안다면 좋을 텐데요! 그러면 슬플 때 서로를 위로해줄 수 있을 거예요.

록 윌로에서는 더 못 버틸 것 같습니다. 이사를 생각 중이에요. 샐리는 돌아오는 겨울에 보스턴에 가서 사회복지 사업을 할 거예요. 저도 따라가서 함께 방을 구하면 좋지 않을까요? 샐리가 일하는 동안 저는 글을 쓰고, 저녁을 함께 보낼 수 있잖아요. 여기에서는 대화를 나눌 사람이 셈플 씨 부부와 캐리와 아마사이뿐이니, 저녁이 너무 깁니다. 방을 구하겠다는 제 계획을 아저씨가 좋아하지 않으실 거란 사실을 이미 알고 있어요. 아저씨가 비서가 보낼 편지가 눈에 선해요.

제루샤 애벗 양께

안녕하십니까.

스미스 씨는 애벗 양이 록 월로에 남아 있는 쪽을 원하십니다.

그럼 안녕히 계십시오.

앨머 H. 그릭스

저는 아저씨의 비서가 싫어요. 앨머 H. 그릭스라는 이름을 가진 남자는 지독한 사람임이 분명해요. 하지만 아저씨, 정말이지 저는 보스턴에 가야 할 것 같아요. 여기에서 지낼 수는 없어요. 빨리 무슨 일이 일어나지 않는다면 순전한 절망에 빠져 곡식 저장고에 몸을 던져버릴 거예요.

맙소사! 정말 날씨가 덥네요. 풀은 모두 타버렸고, 개울은 마르고, 거리는 먼지투성이예요. 몇 주 동안이나 비가 내리지 않았어요.

편지를 보면 제가 광견병에 걸린 줄 아시겠지만, 아니에요. 그냥 가족이 필요할 뿐이에요.

안녕히 계세요, 사랑하는 아저씨.

아저씨를 알고 싶어하는

주디 올림

록 윌로에서
9월 19일

아저씨께

　어떤 일이 일어났는데 조언이 필요합니다. 세상 그 누구도 아닌 아저씨의 조언이 필요해요. 아저씨를 만날 방법이 없을까요? 글로 쓰는 것보다는 말이 훨씬 편해요. 그리고 아저씨의 비서가 편지를 열어볼까 염려스러워요.

　• 추신 •

저는 지금 매우 불행한 상태입니다.

록 윌로에서
10월 3일

키다리 아저씨께

　직접 쓰신 편지가 오늘 아침에 도착했어요. 굉장히 떨리는 손으로 쓰셨더군요! 편찮으셨다니 정말 안타까워요. 미리 알았다면, 제 문제로 아저씨를 귀찮게 하지 않았을 거예요. 그래요, 제 고민을 말씀드릴게요. 하지만 글로 표현하기

237

엔 복합하고, 아주 사적인 문제입니다. 부디 이 편지를 보관하지 마시고 불태워주세요.

이야기를 시작하기 전에, 천 달러 수표를 보냅니다. 제가 아저씨에게 수표를 보내다니, 이상해 보이지 않나요? 그수표가 어디에서 왔을까요?

제 소설이 팔렸어요, 아저씨. 7회로 나누어 연재한 다음에, 책으로 나올 거예요! 제가 기뻐서 날뛸 거라고 생각하시겠지만, 그렇지 않아요. 완전히 냉정한 상태입니다. 물론 아저씨께 수표를 드릴 수 있어서 기뻐요. 2천 달러가 넘는 돈을 빚졌으니까요. 할부로 갚아나갈게요. 그 돈을 받는 걸 기분나쁘게 여기지 말아주세요. 돌려드리게 되어, 저는 행복하니까요. 아저씨에게 단순한 돈 이상의 큰 빚을 졌으니, 나머지는 평생 감사와 사랑으로 계속 갚겠습니다.

그러면 이제 아저씨, 원래 하려던 이야기를 할게요. 제가 좋아할지 말지 생각하지 마시고, 제발 세상 물정에 밝은 아저씨의 조언을 들려주세요.

제가 언제나 아저씨에게 특별한 마음이었다는 사실을 아실 거예요. 아저씨는 저에게 가족이나 다름없는 분이에요. 하지만 제가 다른 남자에게 훨씬 특별한 감정을 느낀다고 말씀드려도, 싫어하진 않으시겠죠? 그분이 누구인지 어렵지 않게 짐작하실 거예요. 아주 오래전부터 제 편지는 저비 도련님에 대한 이야기로 가득했을 테니까요.

저비 도련님이 어떤 사람인지, 우리가 얼마나 돈독한 사이인지, 아저씨에게 알려드릴 수 있으면 좋겠어요. 우리는 모든 일에서 생각이 같아요. 제가 그분의 생각에 제 생각을 맞추려는 경향이 있는 게 아닌지 걱정스러울 정도예요. 하지만 그분의 말이 거의 언제나 옳아요. 아시겠지만 그분은 저보다 14년이나 먼저 태어났으니 당연한 일이죠. 하지만 다른 면에서 그분은 몸만 자란 소년 같아서 돌봐주어야 해요. 비가 내릴 때 장화를 신을 생각도 못하는걸요. 그분과 저는 늘 같은 것을 보고 재미있다고 생각하는데, 그런 때가 아주 많아요. 두 사람의 유머 감각이 서로 정반대라면 끔찍할 거예요. 무엇도 그 간극을 메울 수는 없어요!

그리고 그분은…… 아, 그래요! 그분은 그냥 그분이에요. 그분이 그립고, 그립고, 그리워요. 온 세상이 텅 빈 것 같고 가슴이 아파요. 저는 달빛이 싫어요. 아름답지만, 저와 함께 그 달빛을 바라볼 그분이 여기 없으니까요. 아마 아저씨도 누군가를 사랑해보셨을 테니 아시겠죠? 그러면 설명할 필요가 없겠죠. 사랑을 해보지 않으셨다면, 설명할 수가 없는 일이고요.

어쨌든 이게 지금 제 심정이에요. 그리고 저는 그분의 청혼을 거절했어요.

이유는 말하지 않았어요. 그냥 비참한 마음으로 아무 말도 못했죠. 할 말이 떠오르지가 않았어요. 이제 그분은 제가 지미 맥브라이드와 결혼하고 싶어한다고 생각하며 떠나버렸어요. 그런 마음은 조금도 없어요. 지미와 결혼할 생각은 전혀 없어요. 지미는 아직 어른이 되지도 않았는걸요. 하지만 저비 도련님과 저는 오해라는 끔찍한 늪에 빠졌고, 둘 다 서로에게 상처를 주었어요. 제가 그분을 떠나보낸 것은 그분을 좋아하지 않기 때문이 아니라, 그분을 너무나 좋아하기 때문입니다. 그분이 나중에 후회할까 봐 두려워요. 그러면 견딜 수 없을 거예요! 저처럼 근본 없는 사람이 그분 같은 명문가 출신과 결혼을 하다니, 옳지 않은 일이라 생각했어요. 저는 그분에게 보육원 이야기를 전혀 하지 않았고, 저 자신이 누구인지 모른다는 사실을 설명하기 정말 싫어요. 어쩌면 저는 아주 형편없는 집안 출신일지도 모르잖아요. 그분의 가문은 자부심이 강해요. 자부심이라면 저 역시 마찬가지죠!

또 저는 아저씨에게 일종의 의무감을 느꼈어요. 작가가 되도록 교육을 받았으니, 적어도 작가가 되려고 애써야죠. 아저씨 덕분에 교육을 받았는데 활용하지도 않고 떠나다니, 온당한 행동이라고 할 수 없어요. 하지만 이제는 아저씨께 돈을 갚을 수 있게 되어 부분적으로 빚에서 해방된 기분이 들어요. 게다가 결혼을 하더라도 작가로서 계속 일할 수 있을 거예요. 그 두 역할은 반드시 양립할 수 없는 건 아니니까요.

이 문제로 골똘히 생각하는 중입니다. 물론 그분은 사회주의자이고 관습에 얽매이지 않는 사고방식을 소유했죠. 어쩌면 어떤 남자들과는 달리, 프롤레타리아계급과 결혼하는 걸 그다지 꺼리지 않겠죠. 두 사람의 마음이 아주 잘 맞는다면, 그리고 함께 있을 때 늘 행복하고 떨어져 있을 때 쓸쓸하다면, 세상 그 무엇도 둘 사이를 가로막지 못하게 해야겠죠. 당연히 저는 정말 그렇게 믿고 싶어요! 하지만 아저씨의 냉정한 의견을 듣고 싶습니다. 아마 아저씨도 명문가의 일원일 테니, 동정 어린 인간적 관점 아니라 현실적인 관점으로 이 문제를 바라보시겠죠. 제가 아저씨 앞에 이 문제를 털어놓는 게 얼마나 대담한 행동인지 아저씨도 아실 거예요.

그분을 찾아가 지미가 문제가 아니라 존 그리어 보육원이 문제라고 설명한다면, 아주 나쁜 행동일까요? 엄청난 용기가 필요할 거예요. 앞으로 평생 비참하게 사는 편이 나을 거예요.

거의 두 달 전에 일어난 일이에요. 그분은 이곳을 떠난 뒤, 아무 소식도 없습니다. 실연의 고통에 익숙해질 즈음, 줄리아가 보낸 편지가 제 마음을 다시 마구 뒤흔들었습니다. 줄리아는 아무렇지도 않다는 듯이 '저비스 삼촌'이 캐나다에서 사냥을 하다가 밤새 폭풍우를 맞았고, 그 뒤로 폐렴에 걸려 앓았다고 했어요. 전혀 몰랐어요. 그분이 말 한마디 없이 공허하게 사라져, 마음이 아팠죠. 그분은 지금 굉장히 슬퍼하고 있어요. 저도 마찬가지예요!

어떻게 하는 게 옳을까요?

주디 올림

10월 6일

사랑하는 키다리 아저씨께

그럼요, 반드시 가야죠. 다음 주 수요일 오후 네 시 반에 뵐게요. 당연히 길은 찾을 수 있습니다. 뉴욕에 세 번이나 다녀왔고, 어린애도 아니니까요. 정말로 아저씨를 만날 수 있다니, 믿기지가 않아요. 무척 오랫동안 아저씨에 대해 생각만 해온 터라 아저씨가 피와 살이 있는 진짜 인간이라는 게 실감나지 않네요.

편찮으신데도 저에게 마음을 써주시다니, 아저씨는 정말 좋은 분이에요. 감기 걸리지 않도록 조심하세요. 이번 가을비는 무척 눅눅해요.

애정을 담아

주디 올림

• 추신 •

방금 아주 끔찍한 생각이 떠올랐어요. 혹시 댁에 집사가 있
나요? 저는 집사를 무서워해서, 집사가 문을 열어주면 계단
에서 기절할지도 몰라요. 집사에게 뭐라고 말하면 좋을까
요? 아저씨 이름을 알려주시지 않았잖아요. 스미스 씨를 뵈
러 왔다고 하면 될까요?

목요일 아침

사랑하고 사랑하는 저비 도련님이자, 키다리 아저씨인 펜들
턴 스미스 씨께

어젯밤에 잘 잤나요? 나는 그러지 못했어요. 한숨도 자
지 못했죠. 너무 놀랍고 흥분되고 당황스럽고 행복했기 때문
이에요. 다시 잠을 이룰 수 있을지 모르겠어요. 음식도 먹지
못할 것 같아요. 하지만 당신은 잠을 이루었기를 바라요. 아
시겠지만 그래야 해요. 그래야 빨리 회복해 나에게 올 수 있
을 테니.

내 사랑, 당신이 지독하게 아팠다는 생각을 하면 견딜 수가 없어요. 그동안 내가 아무것도 몰랐다는 사실도 마찬가지예요. 어제 의사 선생님이 나를 택시에 태워주려고 내려와서, 사흘 동안은 의사들도 당신을 포기했다는 이야기를 들려주었어요. 오, 내 사랑, 그런 일이 일어났다면, 나에게는 온 세상 빛이 사라져버린 것이나 다름없었을 거예요. 먼 미래에 언젠가는 우리 둘 중 한 사람이 먼저 떠나야겠죠. 하지만 적어도 함께 행복한 시간을 보낸 다음일 테니, 평생 간직할 추억은 남을 거예요.

당신 기운을 북돋아주려고 했는데, 대신 나부터 기운을 차려야겠어요. 꿈꿔오던 것보다 더 행복하지만, 동시에 정신이 바짝 드는군요. 무슨 일이 일어날지도 모른다는 두려움이 그림자처럼 내 마음을 떠나지 않아요. 전에는 근심 걱정 없이 가벼운 마음으로 지낼 수 있었어요. 잃을 게 없었으니까요. 하지만 이제는…… 평생 '굉장한 근심거리'를 안고 살아가게 되었네요. 당신이 나와 떨어져 있을 때마다, 나는 당신이 차에 치인 건 아닐까, 간판이 당신 머리에 떨어지진 않을까, 당신이 꿈틀거리는 끔찍한 세균을 삼키지나 않을까 걱정하겠죠. 마음의 평화는 영영 사라져버렸어요. 하지만 그저 평화롭기만 한 생활을 좋아한 적은 없답니다.

부디 얼른, 얼른, 얼른 나으세요. 당신을 곁에 두고 손으로 만져보며, 당신의 존재를 확인하고 싶어요. 우리가 함께 한 시간은 고작 30분이었어요! 꿈을 꾼 게 아닐까 두려워요. 내가 당신 가문의 일원이기만 했다면(아주 먼 친척 정도로), 매일 찾아가 책을 읽어주고, 베개를 불룩하게 매만져주고, 이마에 잡힌 그 가느다란 주름 두 개를 펴주고, 당신이 입꼬리를 올리며 근사하고 기분 좋은 미소를 짓게 해줄 수 있었을 거예요. 하지만 다시 기분이 좋아진 게 아니었나요? 어제 내가 떠나기 전에는 기분이 좋았잖아요. 의사 선생님 말씀으로는 내가 좋은 간호사가 분명하다고, 당신이 10년은 젊어 보인다더군요. 사랑에 빠진다고 모두가 10년씩 젊어지진 않으면 좋겠어요. 내가 열한 살로 변해도 당신은 여전히 나를 사랑할 건가요?

어제처럼 놀랍고 멋진 날은 또 없을 거예요. 아흔아홉 살이 되더라도 아주 사소한 부분까지 잊지 않을 거예요. 새벽에 록 윌로를 떠난 아가씨가 밤이 되자 아주 다른 사람이 되어 돌아왔답니다. 새벽 네 시 반에 셈플 부인이 저를 깨웠어요. 어둠 속에서 잠이 싹 달아났고 머릿속에 가장 먼저 떠오른 생각은 '키다리 아저씨를 만날 거야!'였어요. 촛불을 켜고 주방에서 아침을 먹고는, 눈부신 10월의 풍경 사이로 마차를 타고 기차역까지 8킬로미터를 달려갔죠. 도중에 해가 떠오르며 꽃단풍과 층층나무가 붉게 빛났고, 돌담과 옥수수

밭은 흰 서리로 반짝거렸어요. 공기는 맑고 차가우면서도 기대감으로 가득했어요. 나는 뭔가 좋은 일이 생기리란 걸 알고 있었어요. 기차를 타고 가는 내내 철도가 '키다리 아저씨를 만날 거야'라고 노래했어요. 덕분에 마음이 놓였죠. 문제를 바로잡을 키다리 아저씨의 능력을 굳게 믿었어요. 그리고 어딘가에서 다른 사람이, 키다리 아저씨보다 더 사랑하는 어떤 사람이 나를 만나고 싶어한다는 사실도 알고 있었어요. 왠지 그 여행이 끝나기 전에 그 사람도 만나게 될 거라는 예감이 들었고요. 그런데 정말 그랬죠!

매디슨가에 있는 저택에 도착했을 때, 그 갈색 집이 너무 크고 음산해 보여서, 들어갈 엄두가 나지 않더군요. 그래서 용기를 내려고 주변을 걸어 다녔죠. 하지만 사실은 조금도 겁낼 필요가 없었어요. 집사가 아버지처럼 자상한 노인이어서, 즉시 마음이 편안해졌어요. "애벗 양이십니까?" 하고 집사가 물어서 저는 "네" 하고 대답했어요. 그러니 스미스 씨를 만나러 왔다는 말은 꺼낼 필요도 없었죠. 집사가 나에게 응접실에서 기다리라고 하더군요. 매우 엄숙하고 웅장하고 남자다운 방이었어요. 천을 씌운 커다란 의자 끄트머리에 앉아 계속 중얼거렸어요.

"키다리 아저씨를 만날 거야! 키다리 아저씨를 만날 거야!"

곧 집사가 돌아와, 서재로 올라가자고 했어요. 너무 흥분해서 정말이지 발을 들어 계단을 오르기 힘들 지경이었죠. 문 밖에서 집사가 몸을 돌리고 속삭였어요.

"아주 많이 편찮으셨답니다. 오늘 처음으로 몸을 일으켜 앉으신 겁니다. 아픈 분을 자극할까 봐 그러는데, 너무 오래 머무르시진 않겠지요?"

집사의 말투에서 그분이 당신을 사랑한다는 사실을 알 수 있었어요. 참 좋은 분인 것 같아요!

집사는 문을 두드리며 "애벗 양입니다" 하고 말했어요. 나는 안으로 들어갔고, 등 뒤에서 문이 닫혔죠. 환히 불을 밝힌 복도에 있다 들어간 터라 너무 어두워서, 잠시 동안은 거의 아무것도 보이지가 않았어요. 그러다가 벽난로 앞에 놓은 큰 안락의자와 반짝거리는 차 탁자, 그 옆에 있는 작은 의자가 눈에 들어왔어요. 그리고 한 남자가 베개를 등에 대고 담요로 무릎을 덮은 채 큰 안락의자에 앉아 있다는 걸 깨달았죠. 만류할 사이도 없이 그 남자는 의자 등받이에 의지해 떨리는 몸을 일으키고는 말없이 저를 바라보기만 했어요. 그리고 그때, 바로 그때서야 나는 그게 당신이란 걸 알았어요! 하지만 그러고도 이해가 되지 않았죠. 당신을 나와 만나게 해주려고 아니면 나를 놀라게 해주려고, 키다리 아저씨가 당신을 그곳으로 데려온 줄만 알았어요.

그때 당신이 손을 내밀고 웃으며 말했죠.

"사랑하는 주디, 내가 키다리 아저씨라는 걸 짐작하지 못했소?"

그 순간 불현듯 깨달았어요. 오, 어쩜 그렇게 어리석었는지! 조금만 재치가 있었더라면 알아차릴 기회가 수없이 많았는데 말이에요. 나는 훌륭한 탐정은 못 될 것 같아요. 그렇지 않나요, 아저씨? 저비? 당신을 뭐라고 불러야 할까요? 그냥 저비라고 부르면 무례하게 대하는 기분이 드는데, 난 당신을 무례하게 대할 수가 없어요!

무척 행복한 30분을 보낸 뒤에, 의사 선생님이 들어와 나를 내보냈어요. 정신이 얼떨떨한 나머지, 기차역에 도착해서 세인트루이스로 가는 열차를 탈 뻔했답니다. 당신도 매우 얼떨떨해 보였어요. 나에게 차를 권하는 것도 잊으셨잖아요. 하지만 우리는 아주, 아주 행복했어요. 그렇죠? 어두워져서야 마차를 몰고 록 윌로로 돌아왔지만, 오, 별들이 얼마나 반짝이던지! 그리고 오늘 아침에는 콜린과 함께 밖으로 나가 당신과 함께 갔던 곳을 모두 찾아가서, 당신이 했던 말과 그때 당신이 지었던 표정을 떠올려보았어요. 오늘은 숲이 구릿빛으로 반들거리고, 공기는 얼어붙을 듯이 차갑네요. 산에 오르기 좋은 날씨예요. 당신이 이곳에 있어 함께 산을 오를 수 있다면 얼마나 좋을까요. 사랑하는 저비, 당신이 몹시도 그리워요. 하지만 행복한 그리움이에요. 머지않아 우리는 함께 있을 테니까요. 이제 우리는 정말로 서로에게 속하게 되었고, 이건 환상이 아니에요. 내가 드디어 누군가에게 속하게 되다니, 참 묘한 일 아닌가요? 아주, 아주 달콤한 기분이에요.

그리고 난 당신이 단 한순간도 후회하지 않게 할 거예요.

영원한 당신의 것

주디

• 추신 •

처음 써본 연애편지예요. 내가 연애편지를 쓸 줄 안다니 참 재미있지 않나요?

◆ 키다리 아저씨 ◆

Daddy
Long Legs

- **이름** 앨리스 제인 챈들러 웹스터Alice Jane Chandler Webster

  필명은 진 웹스터Jean Webster

- **출생일** 1876년 7월 24일

- **사망일** 1916년 6월 11일

- **국적** 미국

- **거주지** 주로 뉴욕주

진 웹스터는 어떤 사람이었을까?

진 웹스터의 본명은 앨리스 제인 챈들러 웹스터다. 어머니인 애니 모펏 웹스터는 톰 소여와 허클베리 핀이 등장하는 걸작 모험 소설을 쓴 미국의 대문호 마크 트웨인의 조카였다. 진의 아버지인 찰스 루터 웹스터는 마크 트웨인의 출판 담당자이자 동업자였다. 진은 분명 부모로부터 창작 재능을 물려받았으나 학교에서는 철자를 틀리기 일쑤였고, 교사가 대체 무슨 근거로 철자를 그렇게 쓰느냐고 묻자 '웹스터'라고 대답했다. 자신의 이름과 똑같은 위대한 미국 사전 편찬자 노아 웹스터Noah Webster의 이름을 이용한 말장난이었다.

앨리스 웹스터가 진 웹스터로 불리기 시작한 것은 레이디 제인 그레이 기숙학교에서였다. 동급생 중에 앨리스라는 이름이 또 있어 학교 측에서는 웹스터에게 다른 이름을 쓰면 어떻겠느냐고 물었다. 그는 자신의 가운데 이름인 '제인Jane'의 철자를 조금 바꾼 '진Jean'을 선택했다.

진 웹스터는 어디에서 성장기를 보냈을까?

진은 미국에서 자랐다. 프리도니아 사범학교를 다닌 뒤 뉴욕주의 레이디 제인 그레이 기숙학교로 진학했고 그곳에서 음악과 미술, 서간문, 화법, 예법을 배웠다. 1901년 뉴욕주 포킵시에 위치한 미국 일류 여자 대학인 바사 대학을 졸업했고, 영문학과 경제학 학위를 취득했다. 대학 재학 중에 진은 주간지《포킵시 선데이 쿠리어》에 칼럼을 기고하는 동시에 단편소설을 쓰기 시작했으며, 훗날 이 작품들은 1903년에 발간된 첫 책『패티가 대학에 갔을 때 When Patty Went to College』에 수록된다. 이 책은 여성의 대학 생활을 묘사한 최초의 소설 중 하나였다.

진 웹스터는 글을 쓰는 것 외에 또 어떤 일을 했을까?

진은 사회적으로 문제의식이 뚜렷한 사람이었고, 사회 개혁과 여성 인권을 열렬히 옹호했다. 지역 노숙자들과 사회적 약자들이 겪는 곤경을 깊이 염려했고 보육원과 교도소의 상태 개선을 목적으로 조직된 위원회에서 봉사했다. 기자로도 활동했으며 세계 곳곳을 여행하면서 종종 자신의 경험을 작품에 그려냈다.

진 웹스터는 어디에서 『키다리 아저씨』에 대한 아이디어를 얻었을까?

소설 『키다리 아저씨』의 씨앗은 레이디 제인 그레이 기숙학교와 바사 대학 재학 시절에 잉태되었다. 진은 자선 활동 중에 빈민들을 방문하면서 사회적 약자인 아이들이 성공한 삶을 누릴 수 있어야 한다고 확신하게 되었다. 이 아이디어를 유머와 상상력으로 발전시켜 『키다리 아저씨』를 썼으며, 고아인 제루샤(주디)가 익명의 후원자에게 보내는 편지를 통해 보육원 생활을 가슴 뭉클하게 그려냈다.

진 웹스터의 『키다리 아저씨』가 출간됐을 때 사람들의 반응은 어땠을까?

원래 《레이디스 홈 저널》에 연재됐던 『키다리 아저씨』는 1912년에 단행본으로 출간되면서 엄청난 성공을 거두었다. 다음 해에 진은 소설을 희곡으로 각색했고 이는 미국 전역과 런던에서 연극으로 상연되었다. 이후 1919년에 영화로 각색되어 당대 유명한 무성영화 배우였던 메리 픽퍼드가 주연으로 출연했다. 총 일곱 차례 영화화되었는데 가장 유명한 작품은 아역 배우 셜리 템플이 주연을 맡은 1935년 작이고, 1955년에 제작된 할리우드 뮤지컬 영화에서는 프레드 아스테어가 주연을 맡았다. 『키다리 아저씨』는 당대 고아들에 대한 관습적 처우가 달라지기 시작하는 데 중요한 역할을 했다고 평가된다. 1914년에 진 웹스터는 『키다리 아저씨』의 속편인 『친애하는 적에게Dear Enemy』를 썼고 이 작품 역시 베스트셀러가 되었다.

진 웹스터는 『키다리 아저씨』 외에 어떤 작품들을 썼을까?

진은 아이들을 위해 많은 이야기를 썼지만 가장 큰 사랑을 받았던 책은 『키다리 아저씨』였다. 진이 쓴 다른 소설로는 『패티가 대학에 갔을 때』(1903), 『밀 공주Wheat Princess』(1905), 『제리 주니어Jerry Junior』(1907), 『네 웅덩이 수수께끼The Four Pools Mystery』(1908), 『피터 소동Much Ado About Peter』(1909), 『말괄량이 패티Just Patty』(1911), 『친애하는 적에게』(1915)가 있으며 이 외에도 수많은 단편소설과 희곡이 있다.

등장인물

◆ **제루샤(주디) 애벗**

밝고 똑똑하며 명랑한 성격을 타고났다. 태어나서부터 18년 동안 존 그리어 보육원에서 살았다. 어느 날 보육원 원장으로부터, 부유한 후원회 이사가 후원을 제의한 덕분에 대학 교육을 받게 되었다는 이야기를 듣는다.

◆ **존 스미스(키다리 아저씨)**

주디가 대학 교육을 받아 작가가 될 수 있도록 후원하는 익명의 후원자. 존 그리어 보육원 후원회 이사로, 주디가 한 달에 한 번씩 편지를 보내 진척 상황을 알리는 것을 조건으로 대학 등록금을 지불하고 매달 풍족한 용돈을 보낸다. 단, 자신의 정체를 드러내지도 답장을 보내지도 않을 것임을 일러둔다. 주디는 비밀스런 후원자의 등 뒤로 뻗은 그림자를 언뜻 보고 그 사람이 키가 크고 다리가 긴 남자라는 사실을 알게 된다. 그런 이유로 농담 삼아 그를 '키다리 아저씨'라고 부른다.

◆ **샐리 맥브라이드**

주디의 가장 친한 친구이자 대학 기숙사 룸메이트. 상냥하고 수줍음이 많은 성격이다. 주디는 유쾌한 대가족인 샐리의 식구들과 크리스마스 휴가를 함께 보낸다.

◆ **줄리아 펜들턴**

주디가 대학에서 만난 다른 친구. 아주 부유하며 무척 도도하다. 주디의 숨겨진 배경을 자꾸 캐내려 한 탓에 처음에는 주디와 사이좋게 지내지 못한다.

◆ **지미 맥브라이드**

샐리의 잘생긴 오빠. 지미는 주디를 무척 좋아하고 주디도 지미와 보내는 시간을 즐거워한다. 주디는 지미를 포함한 맥브라이드 가족과 여름휴가를 보내자는 초대를 받지만 키다리 아저씨가 허락해주지 않는다.

◆ **저비스 펜들턴(저비스 삼촌)**

줄리아 펜들턴의 젊고 멋진 부자 삼촌. 주디를 매우 다정하게 대하며 결국에는 주디를 남몰래 사랑하고 있었음이 밝혀진다.

◆ **레오노라 펜턴**

주디의 대학 동급생으로 텍사스에서 왔다.

◆ **리펫 원장**

주디가 태어나서부터 18년 동안 살았던 존 그리어 보육원의 엄격한 원장.

◆ **프리처드 씨**

학교 교육위원회 및 보육원 시찰단의 일원으로 주디가 행복해지는 원인을 제공한다.

◆ **셈플 부인**

주디가 방학을 보내려고 찾아가는 록 윌로 농장의 옛 관리인이자 현 주인. 주디는 농장이 저비스 펜들턴 씨의 것이었으나 이제는 어릴 적 '저비 도련님'의 유모였던 셈플 부인이 주인임을 알게 된다.

옮긴이 **김율희**

고려대학교 영어영문학과를 졸업한 뒤 동 대학원에서 근대영문학으로 석사학위를 받았다. 삶을 풍요롭게 하는 책의 힘을 믿으며 전문번역가로 활동하고 있다. 『크리스마스 캐럴』, 『벤자민 버튼의 시간은 거꾸로 간다』, 『걸리버 여행기』, 『월든』, 『작가란 무엇인가 3』, 『소설쓰기의 모든 것 4 : 대화』, 『소설쓰기의 모든 것 5 : 고쳐쓰기』, 『작가라서』 등을 우리말로 옮겼다.

키다리 아저씨 _ 걸 클래식 컬렉션 II

펴낸날 초판 1쇄 2020년 5월 20일
　　　　초판 2쇄 2020년 6월 10일
지은이 · 그린이 진 웹스터
옮긴이 김율희
펴낸이 이주애, 홍영완
편집 양혜영, 장종철, 백은영, 김송은, 오경은
교정교열 김소원
마케팅 진승빈, 김소연
표지 디자인 오이뮤(OIMU)
본문 디자인 박아형, 김주연
펴낸곳 (주)윌북 출판등록 제2006-000017호 주소 10881 경기도 파주시 회동길 209
전자우편 willbook@naver.com 전화 031-955-3777 팩스 031-955-3778
블로그 blog.naver.com/willbooks 포스트 post.naver.com/willbooks
트위터 @onwillbooks 인스타그램 @willbook_pub

ISBN 979-11-5581-269-3 (02840) (CIP제어번호: CIP2020013095)
　　　979-11-5581-268-6 (세트)

◆ 걸 클래식 컬렉션 Ⅰ ◆

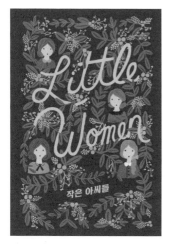

작은 아씨들

빨강 머리 앤

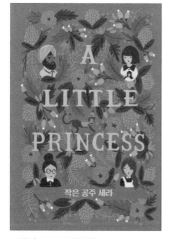

작은 공주 세라

하이디

• 대상: 12~13세부터

◆ 걸 클래식 컬렉션 Ⅱ ◆

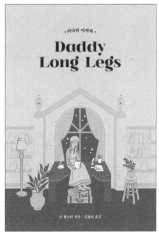

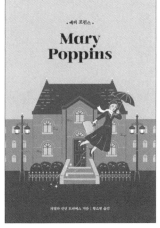

• 대상: 12~13세부터